UN SOIR
SANS RAISON

DU MÊME AUTEUR

Aux Éditions Jean-Jacques Pauvert

La Première Habitude, 1974, Grand prix des lectrices de *Elle* (repris en J'ai lu)
L'Or des chambres, 1976, (repris en J'ai lu)
Le Bout du compte, 1977, (repris en J'ai lu)

Aux Éditions Mazarine/Jean-Jacques Pauvert

Mortel azur, 1985 (repris en J'ai lu)

Aux Éditions Actes Sud

Le Petit Prince cannibale, 1990, Prix Goncourt des Lycéens (repris en J'ai Lu)
Blanche, c'est moi, 1993
La Grosse, 1994

Aux Éditions Stock-Jean-Jacques Pauvert

Hermine, 1994
Surtout ne me dessine pas un mouton, 1995

FRANÇOISE LEFÈVRE

UN SOIR SANS RAISON

ÉDITIONS DU ROCHER
Jean-Paul Bertrand

ISBN 2 268 02659 0

Il ne faut rien laisser dans l'ombre, les ténèbres sont si vites arrivées.

Jean Cayrol, *Nuit et Brouillard*

Un soir, sans raison, elle quitta la maison. Pendant des heures, elle marcha droit devant elle, dans le noir, le froid, la pluie.

Ces phrases en italiques sont extraites d'une circulaire visant à sensibiliser la population sur la maladie d'Alzheimer. Elles sont pour moi un abîme. Une énigme qui me hante. L'errance de cette femme qui s'en va seule, dans le noir, le froid, la pluie, c'est ma hantise de l'égarement. De la perte de soi. Comme sur la dernière image d'un film en noir et blanc, je regarde cette femme qui s'éloigne sur une route luisante à la tombée de la nuit. Elle n'a aucune raison de se retourner. Elle n'a plus de raison du tout. Comment appeler cet instant où l'on passe de l'autre coté, la seconde où tout bascule vers ce point de non-retour ?

Comme des milliers de gens, j'ai reçu ces lignes par la poste, lors d'une campagne d'information sur la maladie d'Alzheimer menée par la Fondation pour la recherche médicale. D'une certaine façon, ce sont des phrases publiques. Puisqu'elles arrivent dans leurs boîtes aux lettres, à leurs nom et adresse, elles appartiennent à leur destinataire. C'est-à-dire à personne. D'emblée, je leur ai trouvé une efficacité alarmante. Je ne sais toujours pas pourquoi elles rencontrent en moi une telle résonance. En les lisant, il me semble qu'un jour, je pourrais m'en aller, moi aussi et comme cette femme marcher des heures dans le noir, le froid, la pluie. Même si on m'explique que la maladie d'Alzheimer est une dégénérescence brutale du système nerveux central qui nous menace dès l'âge de soixante ans, que les millions de neurones qui composent le cerveau sont détruits petit à petit de façon irréversible et que le cerveau atrophié peut perdre jusqu'à la moitié de son poids, je n'arrive pas à croire que ce soit sans raison qu'on quitte sa maison, un soir. Il me semble qu'avant, il en aura fallu des milliers. Parfois un secret impossible à dire au cours des jours ordinaires. Impossible à recevoir, encore moins à partager tout au long de la vie. Il aura fallu aussi la répétition de chagrins. La mort des êtres. L'épuisement d'aimer sans retour. L'usure tout simplement. L'évidence est peut-être là. On ne peut oublier un grand amour. On est mal guérie d'une passion. Malgré tout on vit. On va. On travaille. On est libre dans ses choix amoureux. Mais comment en finir avec l'absence ? Comment faire cesser la calamité de l'amour ? Et puis, un jour, assez tard dans sa vie, on comprend le pire, l'inéluctable – qu'on supposait depuis longtemps – on est l'inventeur de cette folie amoureuse. C'est en soi que brûlait l'amour fou. Il brûle toujours. On est porteur de ce désastre comme d'une tare, d'une révélation ni bonne ni mauvaise. Catastrophique. Simplement catastrophique, puisqu'on est devenue incapable de marcher seule sous les étoiles sans esquisser le geste de prendre la main d'un fantôme.

Je me suis trompée. J'ai vécu l'amour comme dans une auberge espagnole où, dit-on, il faut apporter ses vivres, ses draps, son feu. Feu que je n'ai cessé de nourrir pour rien. Pour un absent. En mémoire d'un geste, d'un mot, d'un instant. À cause de ton regard qui m'a aimantée, de tes paroles qui m'ont enfiévrée, comme j'ai été prompte à partager, là, tout de suite, n'importe où, sur les dalles ou l'humus des forêts, ce trouble qui éperonne le sang. Monstrueux chevaux du sang. Combien de fois, ai-je ressuscité, vivante de plus en plus sous ta langue et tes mots. J'ai vu tourner dans le ciel la cime des arbres rouges. Je ne sais plus qui me charge, de toi que j'empoigne ou du fourreau noir qui pend aux taureaux. Tu me laisseras pour presque morte. Pas un conte ne dira l'odeur de ton départ. Comment ne pas crever quand s'éloigne le cavalier fou ? Reste l'aube. L'étoile du matin. Restent les mots. Digues, barrages de mots, remparts contre l'absence, l'oubli, la mélancolie. On écrit sur les décombres. Toujours sur des décombres. On a la force de convertir l'absence. On commet ce crime contre soi : écrire.

Loin de ce leurre magnifique : aimer. Tout justifie qu'on remplace l'amour par une débauche amoureuse. On multiplie les adéquations. On découvre d'autres possibilités d'aimer. Mais plus jamais on ne chantera. Jamais plus on n'osera. Jamais plus on n'aimera comme on a aimé. Personne n'a les mains ni l'esprit de l'absent. Personne ne vous parlera, ne vous regardera comme lui l'a fait. Il vous manque. Jusqu'à la fin, il manquera. En quelques jours tout vous a été donné. Tout vous a été repris. Il va falloir ouvrir les cadeaux laissés dans les cendres. Il va falloir comprendre. Et on comprend, qu'il a emporté beaucoup de votre âme, vous a laissé un peu de la sienne. On l'a reçue comme une transfusion magique et empoisonnée. Dans le bruit ou le silence, sa pensée vous accompagne. Mais, maintenant, il faut continuer d'aller. Avancer avec les autres. Vivre avec eux. Tolérer qu'eux aussi, gardent leur mystère et ne livrent pas leur secret, puisque le sien, on ne le partage avec personne.

Alors oui, tout justifie qu'un jour, on puisse s'absenter de sa tête ou de son corps. Pour certains les chagrins rentrés finiront par peser un poids suffisant pour qu'un soir, sans raison, soi-disant sans raison, ils quittent la maison.

À l'heure où je commence ce livre, j'ai peu de sérénité. Un regard que je veux calme, comme on le dirait d'une eau dormante. Apparemment dormante. Close sur les ferments d'une passion. Une eau d'oubli. Je n'attends rien. Je ne souhaite rien. Je ne désire plus rien. Seulement la paix et le silence. Seulement écrire. Ne pas écrire serait invivable. Dans ces périodes de crise mes relations avec le monde se limitent à une feuille de papier. Un écran d'ordinateur. C'est mon jardin. Ma fontaine. C'est ma couche. Mon feu. Mon baiser sur la bouche. C'est l'œil dans la tombe. La honte fabuleuse de dire. C'est aussi le seul esclavage auquel j'aurais consenti avec celui des enfants mis au monde, élevés, accompagnés et qu'aucune mère, aucune louve, quand par malheur ils se fourvoient, n'hésiterait à ramener avec les dents. Écrire, c'est ma cravache pour cingler les traîtres au visage, l'archet dont j'aurais aimé apprendre à me servir et qui m'a manqué. Écrire c'est aussi l'arme qui me protège, la vie qu'il faut gagner. C'est une autre façon de me prostituer.

Souvent, quand on commence un livre, on est perdu comme au jeu de colin-maillard. Il y a cette course affolante. Cette précipitation du sang dans les veines. Même les statues ont des nerfs. On est dans l'acide qui creuse les eaux-fortes. On est dans le pincement d'une corde de violoncelle. On est dans la distorsion d'un muscle. Dans l'écho très ancien d'une corne de brume qui nous appelle. On est dans le travail d'une parturiente, l'effort de naître ou de mourir.

C'est en plein dans cette concentration monstrueuse que les phrases en italiques sont arrivées dans ma boîte aux lettres. Elles m'ont arrêtée net. J'ai appris à ne plus redouter ces incidences qui m'apparaissaient mortelles il n'y a pas si longtemps. D'une certaine façon, elles me ramènent à la vraie vie simple et exténuante, joyeuse et désarmante. Je m'interdis d'être accablée par la ronde folle qui tourne autour de moi. Cette farandole menée par les enfants, c'est un peu comme le doigt d'un monstre de carnaval qui frapperait à la vitre me sortant d'un château dormant. Pour échapper au chaos quotidien, à l'ombre qui s'avance, à la peur que j'ai d'être atteinte un jour, moi aussi, par une de ces maladies de l'oubli, je me dépêche, je me hâte de revisiter les grandes images de ma vie. Désormais, c'est là que je demeure, dans ces diapositives surexposées où je ne laisse entrer que la folie de l'amour. C'est là que je me tiens, à des années-lumière, au bleu d'une fenêtre, dans un champ de coquelicots, la tête dans un feuillage, le corps dans une source. Souvent, je chantonne pour un très jeune enfant dont les pieds minuscules tiennent dans une seule de mes paumes. Je cours vers un rendez-vous amoureux et clandestin, la nuit, le jour. Je me tiens dans ces images, loin des querelles, des vaisselles, des corvées, des mauvais silences. Loin des tueries, des boucheries, des exodes. Je veux faire l'apprentissage de l'oubli.

Ainsi, ces phrases en italiques me préviennent qu'une menace planerait sur mon cerveau. Une catastrophe serait possible à plus ou moins brève échéance. Imminente peut-être, si on doit en croire les statistiques. En France, une personne sur vingt est atteinte de la maladie d'Alzheimer à partir de soixante-cinq ans. Plus d'une personne sur quatre dans le quatrième âge et c'est la quatrième cause de décès. C'est ce que dit la circulaire de la Fondation pour la recherche médicale que j'ai entre les mains :

Chère Madame, cher Monsieur,

Cela a commencé par de petits oublis, des problèmes de langage, la difficulté de reconnaître son entourage…

Et puis ce fut la première fugue !

Un soir, sans raison, elle quitta la maison. Pendant des heures, elle marcha droit devant elle, dans le noir, le froid, la pluie.

Lorsqu'on la retrouva, elle était assise sur le bord de la route, épuisée, le regard perdu dans le vague.

Les premiers signes sont souvent anodins : on oublie d'éteindre le gaz, on ne sait plus où l'on a posé ses lunettes, on oublie le nom d'un ami proche…

Les millions de neurones qui composent le cerveau sont détruits petit à petit, de façon irréversible.

Après lecture de ces lignes, je me sens en sursis. J'ai remarqué que plus j'écrivais, plus je perdais la mémoire des choses ordinaires. Une autre mémoire avale tout. Une mémoire, beaucoup plus intime, infiniment proche, en même temps que fuyante, infuse à ma vie une mélancolie qui m'exalte comme l'éclat retenu d'un soleil d'hiver. Plus j'écris, moins j'arrive à gérer l'impitoyable liste des choses quotidiennes à faire absolument. Heureusement, j'ai peu de rendez-vous, une vie sociale pratiquement inexistante. Mais il y a toujours des histoires de courses à faire. Lunettes. Clefs. Noms des gens. Numéros de téléphone. Emplacement des objets. Encore les lunettes. Horaires. Changements d'horaires. Places de parking. Billets. Tickets. Cartables. Sacs de sport. Livrets de solfège. Livret de famille. Perdu trois fois. Refait trois fois. Instruments de musique. Antibiotiques. Carnets de vaccinations pour enfants. Pour chiens. Croquettes pour chiens. Pour chats. Pour lapins nains. Biscuits apéritifs. Genre de croquettes pour humains. Seau. Râteau. Pelle. Moufles. Goûter. Taille-crayon. Gomme à l'effigie du Roi Lion. Dinosaure gluant qu'on jette au plafond ou sur un mur, qui reste collé quelques instants et se détache lentement en descendant le long de ce mur comme une pieuvre avec ses tentacules. Chacun lance le sien. Anime les soupers d'hiver. On prend des paris. Le gagnant, c'est celui qui aura jeté le dinosaure gluant qui cheminera le plus lentement. En cas de famille nombreuse, prévoir au moins quatre couleurs pour éviter les disputes à l'arrivée. Et maintenant, il me faut assumer les exigences et la maniaquerie de certains professeurs et instituteurs en matière de fournitures scolaires. Chercher un cahier à spirale, quatre-vingt-seize pages, petits carreaux avec feuille intercalaire, format 24 x 32. Deux paquets de copies doubles, grands carreaux, perforées, format 17 x 22. Un crayon à papier H4. Un crayon à papier HB2. Impossible de déchiffrer sans lunettes. Qui peut m'aider à lire la référence sur ces crayons ? H4 ? HB2 ? Un effaceur d'encre non liquide. Sur la liste de l'école c'est souligné – surtout non liquide – Une boîte de feutres fins. Un paquet de soixante-dix-huit couches-nuits pour garçon, neuf à douze kilos. Bougies d'anniversaire. Cinq doses d'eau de Javel. Sacs poubelle. Trois paires de chaussettes, pointure 28-32. Douze briques de lait demi-écrémé. Deux paquets de müesli. Au moment de passer à la caisse, je ne suis plus sûre de mon numéro de code. Une fois de plus, je ne trouve plus mes lunettes. Je me demande aussi si j'ai bien fermé le gaz. J'ai un doute. Et sur le chemin du retour, pourquoi est-ce que je me trompe ? Ce n'est pas là qu'il fallait tourner. Cette route, je la pratique pourtant chaque jour. Pourquoi est-ce que je traverse ce champ de coquelicots ? Il faudrait que je fasse une cure de quelque chose. Du magnésium peut-être. Ou du ginseng. Oui, voilà je vais avaler d'énormes racines de ginseng. Ou alors foutre le camp loin de ceux qui me dévorent. Une île. Loin d'eux. Loin de cet épuisement. Mais un livre à écrire, c'est une île. Une île à atteindre. Une île dans la tête. Je vais nager. Nager. Reste le ginseng ou la cure de magnésium. Parfois, je me dis, ils auront ma peau ! Si j'en crois les statistiques, d'ici vingt ans, je devrais y passer. Trente peut-être. Pour l'heure, mal nulle part. Un peu ralentie sans doute. Mais c'est l'écriture qui génère cette sorte d'hébétude. Cette façon de vivre deux fois. Pour de vrai et sur le papier. Si je ne me sens pas encore avoir un pied dans la tombe, j'ai toujours un pied dans un livre. Et un livre, c'est un peu une tombe. Bon exercice. Répétition générale. Moi qui ai beaucoup porté de noir, dans le cercueil, je voudrais du jaune éclatant. Mimosas. Plein de mimosas. Car le mimosa est une fleur qui me fait rire, et me communique une merveilleuse gaieté en plein hiver. À cause de sa douceur d'angora qui me fait penser au crâne duveteux des nouveau-nés. D'où me vient cette insupportable gaieté que je n'avais pas auparavant ? Je ris toute seule en attendant un train. Je ris sous cape. Je ris sans raison. Je ris comme une folle en sautant les caniveaux. Je ris aux larmes. Je ris comme sur la place Saint-Marc à Venise quand d'un seul coup les pigeons sont venus picorer dans ma main. Des gens compassés me regardaient, haussant les épaules, pourtant je sentais bien qu'ils brûlaient d'envie de faire la même chose, mais ils n'osaient pas de crainte d'avoir l'air un peu trop dans le cliché de

Venise. Je me soucie comme d'une guigne de ce genre de jugements. À Venise, les pigeons volent vers qui leur donne à manger. Quand ils se posent sur vos bras, votre tête ou vos paumes, leurs pattes, leurs becs qui picorent sont d'une extrême douceur. Je courais en tous sens sur la place, des graines plein les mains, plein les poches. Des graines sur la tête et les épaules. Et c'était merveille, un vrai rêve d'enfant que ces battements d'ailes qui me suivaient entre ciel et eau, Venise et ses secrets. Quand les cloches sonnèrent, brusquement l'architecture affolante se mit à tourner, les chevaux de pierre allaient sauter. Même sans passion amoureuse, ma joie fut époustouflante sous ce ciel de jade.

Aujourd'hui, il me semble que je ris moins ou sans raison, ce qui m'inquiète un peu. En tout cas, je ne me rappelle pas toujours pourquoi j'ai ri. La phrase en italiques ne cesse de me poursuivre. J'ai peur que ce soit bientôt moi qu'on retrouve sur la route, marchant sans savoir où je vais. Soi-disant sans raisons.

Quand la circulaire est arrivée expliquant quelles étaient les maladies liées aux troubles de la mémoire et leurs irréversibles conséquences, j'avançais dans ces pages, sollicitant la mienne comme une folle, comme une brute que plus rien ne peut arrêter. Partie à la recherche de quelques lambeaux, quelques fragments d'amour. Je m'étais aussi promis de retourner dans certains de mes textes écrits il y a des années comme on retourne visiter, non sans appréhension, les demeures habitées autrefois. J'avais envie d'en développer des passages, soit pour les renier, soit pour aller plus loin. Écrire ce que je n'avais pas osé.

Ni roman ni nouvelle. Plutôt une fugue. Une fuite. Une échappée en calèche roulant à vive allure dans mes souvenirs. *Allegro vivo*. Noire sous la pluie. Rouge dedans. Chevaux luisants. Cocher qui claque.

J'avais consenti à me défaire de cette raison qui gère les choses de la vie matérielle en échange de brèves lumières, de vives réminiscences. Surtout amoureuses. Dans la calèche, sur la banquette de velours cramoisie, les joues fouettées par le désir, je m'étais laissé embarquer dans un baiser avec cet amant dont la langue contre la mienne est un souvenir qui m'assassine encore. Les chevaux s'emballaient dans ma mémoire exaltée et je me sentais l'audace que donne le désir si proche de la fièvre d'écrire. Fouette ! Fouette, cocher, avant que je jouisse et que son sperme m'inonde. Fouette que je retourne dans la forêt ! Va, cocher ! Avant que je n'arrive au sommet de ce désastre. L'amour arrêté. Le souffle perdu. Le désir mort. Retour à la case d'ombre. Fouette ! Fouette, cocher, avant que la lanterne magique ne devienne lanterne des morts et que je sache trop bien où me mène cette calèche de velours capitonnée. Arrête-toi au bord du gouffre. Au bord des trous de mémoire. Il faut que je descende. Je consens à toute interruption du cours de ce voyage. Oui, j'y consens. Je ne me plaindrai pas. Je le jure. Je ne me lamenterai pas. J'accepterai d'être mille fois dérangée et de ne pas m'en assombrir. Comme aujourd'hui par le facteur qui apporte cette lettre que je relis :

Un soir, sans raison, elle quitta la maison. Pendant des heures, elle marcha droit devant elle, dans le noir, le froid, la pluie.

Non. Décidément non. Je n'aurais pas mis *sans raison*.

C'est vrai, depuis un certain temps, il me semble que je perds un peu la mémoire. C'est à un stade que je n'imagine pas encore irréversible. J'oublie le nom des gens. Je vais dans une pièce et je ne sais plus ce que j'étais venue y faire. C'est de plus en plus fréquent. Conduire me fatigue. Les arbres qui défilent m'impressionnent et me donnent le vertige. Je ne supporte plus le monde, ni le bruit. Je me dis que c'est du surmenage. D'autres pensent que c'est l'âge. Je crois surtout que ceux que j'ai aimés auront eu raison de ma peau. Il y a dans ma façon d'accompagner, de remorquer ceux qui battent de l'aile un entêtement qui frise l'acharnement thérapeutique. Mais l'amour ne peut être que dément, car au fond rien ne justifie qu'on aime au point d'aliéner sa vie. Parfois, j'ai envie de tirer sur les fils, de tout débrancher. La nuit, ce questionnement sur l'amour me réveille. C'est souvent vers trois heures. J'ai l'impression qu'on m'appelle. Je me retrouve à ma table d'écriture devant une fenêtre. Jusqu'à l'aube j'écris face à ce rectangle de nuit. Un véritable raz de marée. Une coupe qui déborde. Il me faut nager dans un coin de ciel impossible à oublier. Survoler le halo d'une nappe mise pour un banquet, jamais ôtée, aujourd'hui livrée aux musaraignes, aux moineaux, aux scarabées. Il me faut rôder dans les ruines, entendre des soupirs. Jouir d'immatérielles étreintes. Raser les abîmes. Planer au-dessus des trous noirs, plonger dans les hauts-fonds, en rapporter trois fois rien, une poignée de cerises, les premiers coucous dans une main d'enfant et ce baiser sur un embarcadère. Ce baiser qui dure. Le baiser d'un amant dont l'absence n'a jamais cessé de me rappeler que j'étais vivante.

Accepter d'être brûlée vive dans les images de sa vie. Ne pouvoir en sortir qu'en l'écrivant.

Pas moyen d'échapper à l'écriture. C'est la seule façon de retrouver mon chemin. Il faut que je m'appuie sur les lumières, les estafilades de lumières entrant par les fentes des persiennes, comme une lame, comme un meurtre sur le lit défait. Il faut que je continue d'étreindre les réverbères enchantés, que je reprenne les trains de silence, de plaisirs qui ne furent jamais légers. Je voudrais rire encore sous la pluie de pétales d'un cerisier, perdre le souffle dans ce baiser que ma langue n'a jamais su dénouer.

Si je ne l'écris pas l'ombre grandissante va tout avaler.

Écrire pour ne pas crever.

Des enfants tournent autour de moi. Je m'en occupe du mieux que je peux. Il y a les miens. Parfois ceux des autres. Je suis constamment sollicitée par eux. Leur présence m'enchante et m'exaspère. Il m'arrive de souhaiter les voir disparaître deux jours afin de vivre sans leurs exigences. Sans avoir à les mener ici ou là. Ce sont pourtant eux qui me relient au monde. Avec eux je marche au pas de l'oie, au clairon militaire, à la cadence criminelle de cette société. Avec eux. Pour eux. Grâce à eux, je ne dépose pas les armes.

Je vis à la campagne, en Bourgogne. Mes journées commencent vers six heures le matin. Toujours avec des enfants que je prépare, que je conduis par tous les temps du village où j'habite jusqu'à Dijon. Trente kilomètres aller-retour. L'après-midi vers quatre heures, je recommence. Souvent, le soir aussi, je refais le même trajet. C'est un grand privilège celui de l'amour, de l'accompagnement. Je n'aime pas l'idée que cela me dérange. Pourtant il y a des jours où je suis lasse de répéter la même chose, parce que le fil du livre se casse. J'ai peine à tenir des horaires. À entendre des voix. Du bruit.

Et même à dire bonjour. Ça va ? Merci. Et vous ? J'essaie de reconnaître les visages. De n'oublier personne. Ma vie sociale est réduite à ce passage obligé par l'école et d'autres lieux où, paraît-il, s'épanouissent les enfants. J'attends dans ma voiture mal garée, deux roues sur le trottoir. Parfois un motard me fait circuler. Alors, je circule. Comme tout le monde, je tourne dans ce quartier où s'élèvent deux églises et une cathédrale et je me dis que j'ai de la chance de tourner de la sorte au cœur de la vieille ville. Quand le carillon sonne j'ai même l'impression d'être en visite dans une cité étrangère. Curieusement les mots viennent dans les situations les plus aberrantes. Crayon dans la bouche, carnet sur le tableau de bord, j'ai appris à les noter tout en suivant la file de voitures jusqu'à ce que les enfants sortent de l'école. J'essaie de les attraper au vol. Je tente un arrêt de trente secondes à grand renfort de feux de détresse, toutes lumières clignotantes. Mais il en faudrait beaucoup plus pour tempérer l'impatience et je redémarre, les tympans vrillés par les klaxons.

Quand je commence un livre tout change autour de moi. Je ne reconnais rien. Je ne sais pas où je vais. Il fait noir. Je marche dans une forêt un bandeau sur les yeux. J'entends hurler les loups. Je me cogne aux étoiles, aux racines, aux clochers. Une poigne de fer m'entraîne sans que je sache à qui elle appartient. Elle est à quelqu'un qui marche plus vite que moi. Quelqu'un d'infatigable. D'increvable. Et qui m'entraîne là, où je ne veux pas aller.

J'ai le vertige. Personne autour de moi ne peut comprendre cette randonnée immobile. Personne ne peut supposer qu'après avoir écrit je sois exténuée. Je voudrais rouler au pied d'un arbre pour y dormir comme un soudard.

Dès la première heure du jour, je suis en manque absolu. En manque de silence et de solitude. En manque d'écrire. Quand une phrase me semble avoir un sens, je me hâte de la noter dans un carnet avant qu'elle ne soit aspirée dans un trou de mémoire que j'imagine comme un de ces trous noirs du cosmos où toute énergie anéantie tourne avec la poussière d'étoiles éteintes depuis des milliards d'années. Mais il paraît que dans les trous noirs du cosmos toute matière est détruite. Plus rien n'y tourne. Ni souvenirs. Ni pensées. Ni poussières d'étoiles. Même éteintes depuis des milliards d'années. Le temps et l'espace n'y existent pas. Je n'arrive pas à me figurer de telles choses. Mon cerveau n'a pas été entraîné à réfléchir de la sorte. Alors comme je ne peux pas même l'imaginer, je me répète, presque en psalmodiant, que dans les trous noirs du cosmos, il n'y a plus de temps. Plus de temps. Plus de temps. Le temps n'existe pas. Plus rien n'existe. Est-ce pareil avec les trous de mémoire ? Où vont les souvenirs détruits ? Que sont-ils devenus ? Y aurait-il un réservoir pour les recueillir, semblable à ceux des grands barrages. Au fond de la retenue d'eau est engloutie la mémoire de toute une vallée. Le jour où on commença de l'inonder, on peut imaginer la montée des eaux comme une lente coulée de mercure recouvrant d'abord les champs, puis les fermes isolées, les maisons du village, l'école, la buvette et l'épicerie, la petite place et ses arbres, ses bancs de pierre, le cimetière et l'église jusqu'à l'extrême pointe du clocher qui disparut. La girouette ne montrera plus le nord.

Moi aussi, j'ai perdu le nord. Je ne sais plus où trouver refuge. Je cherche des réminiscences, des lueurs, des clartés qui me permettraient de supposer que c'est bien moi qui ai vécu cette vie. Je me cramponne à des barreaux de lumière. J'ai l'impression d'être adossée à une forteresse de mots qu'on assaille de tous côtés et qu'il me faut défendre. Pour sauver ma peau, j'ajuste mon tir sur un ennemi que je n'identifie pas. La mort peut-être. Depuis un certain temps, je tue en moi toutes les raisons d'aimer. Donc, je continue d'aimer. Hors de moi. Et puisqu'on va mieux quand on aime, je continue d'aimer le goudron qui fond sur la route. La première neige sur un banc. Le visage d'un enfant qui suit le vol d'une tourterelle dans un ciel plombé. Et même l'accablante rumeur des informations au volant de ma voiture quand je tourne dans le quartier. Si je ne trouve plus aucune raison d'aimer, je découvre toutes celles de résister. Moi aussi, je me suis laissée déposséder du plus vivant en moi, par choix délibéré, par omission, par négligence, par orgueil, par fatigue. Quand je me vois errante entre ces particules de lumière, je songe à cette phrase de Shakespeare, lue sur un coin de journal qui enveloppait les légumes du marché :

« *Laisse tomber ton épée émoussée. Désespère et meurs !...* »

Alors dans un sursaut d'énergie je lance des mots contre l'oubli. Je tire des salves de canon. Je pousse des chariots en flammes qui tombent de la falaise. Les gouffres incendiés éclairent ma mémoire. Des visions y crépitent. Jusqu'à ressusciter les êtres que j'ai aimés. Jusqu'à les toucher. Jusqu'à partager encore et encore leur baiser. Je fais le siège de mes souvenirs. Jusqu'à la folie je revis le désastre amoureux. Puis tout retombe. Tout s'endort. Les mots sont rangés comme des épées dans leur fourreau au mur d'une salle d'armes. Ils attendent une autre bataille ou le siècle à venir. Dans les ténèbres, rien ne me console, sauf d'autres mots resurgissant comme des baisers légers sur mon front. Appris par cœur dans l'enfance, ce sont des bribes de poèmes éclairant le chemin comme des cailloux blancs. Elles reviennent à mon oreille comme des comptines. Sans doute que je les ai lues entre sept et douze ans :

... Comme je descendais des fleuves impassibles...
Ange plein de gaieté, connaissez-vous l'angoisse ?... Sois sage ô ma Douleur, et tiens-toi plus tranquille. Tu réclamais le Soir ; il descend ; le

voici… Murs… Ville et port… Asile de mort… Mer grise où brise la brise… Tout dort… À la fin tu es las de ce monde ancien… Bergère ô tour Eiffel le troupeau de tes ponts bêle ce matin… L'œil était dans la tombe et regardait Caïn… Le soleil ni la lune ne se peuvent regarder en face…

Et puis, me regagne le sommeil polaire. Dans mon crâne, la banquise. Mon sang s'est changé en caillots de glace. Ma mémoire se congèle. Jusqu'aux prochaines lueurs qui l'incendieront.

Amour. Incendie. C'est pareil.

– Faites un effort !

– Je me souviens de tout… Et de rien… De petits riens. Comme on dirait de petits restes… Ça dépend des jours… De la lumière… Des visites…

Personne ne peut comprendre que ma mémoire a grossi comme une tumeur monstrueuse ayant absorbé les jours de toute une vie… Les trous noirs de l'univers… Le soleil… Les Rois mages… Les cygnes sauvages… Les baisers… Un pays où coulait le lait et le miel… Les berceaux… L'étoile du berger… Des fleuves tumultueux… Mais aussi, l'acier des guerres… Les bombes au napalm… Les enfants morts… Toute une vallée de larmes… Et aujourd'hui, la comète de Hyakutake qu'on peut voir passer à l'œil nu et qui ne repassera dans notre ciel que dans dix ou vingt mille ans… Vous êtes beaucoup trop jeune pour vous souvenir de la comète de Hyakutake. Peut-être que je vous en reparlerai… Ne partez pas ! Il fait moins noir quand vous êtes là. Je retourne dans des ruelles. Je redécouvre une place presque cachée. Des arbres. Un banc. Une fontaine. Le balcon d'une auberge dans un pays de forêts. La pluie sur le lac Majeur. Le bruit de la pluie sur les marches d'un embarcadère… Son baiser… Une autre fois dans une chambre – je crois qu'elle donnait sur un port –, la houle de son dos me cachait l'océan. Je me souviens de la bourrasque dans les rideaux. Le fracas des portes-fenêtres. Le cri des mouettes. Je pouvais à peine ouvrir mes paupières incendiées par le sel, les larmes de la jouissance. Pourtant, j'ai vu, j'ai cru voir un très grand navire blanc ou était-ce le fantôme d'un vaisseau comme sur un négatif qui aurait pris trop de lumière ? Il chavirait dans des creux immenses. Je crois qu'il faisait naufrage… Comme moi, aujourd'hui dans cette chambre.

– Vous savez où on vous a retrouvée ?

– Dans un champ de coquelicots. J'aime beaucoup les coquelicots.

– Et ce livre, où en étiez-vous ?

– C'est trop loin… Écrivez-le à ma place. Prenez les carnets. La disquette. Je crois que j'avais bien avancé avant les coquelicots… Recopiez mes notes avant le chaos. Épinglez mes Post-it avant qu'un courant d'air ne les fasse s'envoler. Inventez ! Inventez-moi la vie que vous voudrez, les amours que vous souhaiterez. Laissez-vous faire. Dans les carnets, il y a toujours des signes comme les cailloux blancs du Petit Poucet. Un chemin balisé, la carte d'état-major d'un pays enseveli. Moi, ça ne m'intéresse plus. Ce que je veux, c'est écouter les oiseaux. Vous entendez par la fenêtre ? Vous entendez ce courage des oiseaux ? Tant qu'il y aura des aubes et le chant des oiseaux… Et que vous me rendrez visite…

N'ayez pas peur de commencer. Imaginez que vous recueillez les propos d'une très vieille femme écrivant d'une chambre dont elle ne sortirait plus.

Titre : Une chambre forte ?
La chambre forte ?

Parfois, j'ai l'impression que rien n'a existé... On est peut-être en plein mirage...

Et si c'était l'heure de mourir...
J'ai froid. Laissez-moi votre main.

Vous êtes trop jeune pour vous en souvenir. D'ailleurs, vous n'étiez pas né. Au début des années soixante, Édith Piaf chantait : *À quoi ça sert l'amour ? À quoi ça sert d'aimer ?* Tandis que tournait le quarante-cinq tours sur le petit électrophone, je chantais avec elle. À pleins poumons. À pleine voix. J'avais dix-huit ans. À quoi ça sert l'amour ? Je n'ai toujours pas de réponse. Je sais seulement qu'à force d'amour, d'accompagnement, de présence obstinée, surtout auprès des enfants, à force de tout serrer dans une journée, de tenir des horaires aussi impitoyables que ceux des chemins de fer, je suis sur le flanc. Sentinelle morte debout dans sa guérite. Soldat raidi par le froid dont on aurait oublié la relève. Mort au service. C'est un peu ça. C'est ce que pourrait dire une vieille du fond de son hospice… D'ailleurs, c'est ce que je dis. Je me souviens de tout et de rien… De petits riens… Comme on dit de petits restes… Ça dépend des jours… De la lumière… Des visites… C'est peut-être ce que je dirais au versant extrême de ma vie, l'heure venue.

Mais n'est-ce pas l'heure déjà ?

– Un critique aurait dénombré vingt-sept fois le mot absence dans un de vos livres… *L'Or des chambres*, si je me souviens bien… Page 153, on relève même cette phrase :

« *Qui n'a écrasé sa langue contre les murs ne sait rien de l'absence.* »

Ne trouvez-vous pas que c'est un peu excessif ?

– J'étais follement amoureuse. J'avais trente ans…

– Plus tard dans *Mortel azur*, on trouve sept fois le mot nuit sur la même page…

– Il fait parfois très sombre, même dans un amour neuf. J'avais quarante ans…

– Vous aimez beaucoup les Post-it à ce que je vois…

– J'ai cinquante ans. C'est pour essayer de ne rien oublier. Quand j'écris j'en colle partout. Et puis ils bougent au moindre souffle d'air… C'est comme une compagnie. On dirait des papillons… À propos de papillons… Il y a peu de temps, hier peut-être, je crois que j'ai voulu me tuer. Je rentrais de courses. Je n'avais pas les enfants. C'était comme une escapade. Je roulais sur une route de campagne. Je pensais au livre que je suis en train d'écrire. Le début me résistait. Je ne trouvais pas la première phrase. Soudain, je l'ai entendue. Je l'ai vue écrite devant moi. Je l'ai poursuivie comme on court après une libellule. En sautant par-dessus graminées et coquelicots.

C'était comme dans un rêve, où fondant du ciel vient se poser sur votre poing tendu, le faucon magicien, l'Oiseau Bleu de votre enfance. Celui qui frappe de son bec au carreau de la fenêtre. Celui qui détient la formule magique et vous la donnera.

On dit qu'au moment de mourir on revoit sa vie comme dans un film accéléré. On revoit une succession d'images qui s'emballent. Je crois que c'est ce qui m'arrive. Je suis peut-être en train de mourir. Pourquoi est-ce que je ne le sens pas ? Pourquoi est-ce que je ne le sais pas ? Rien dans mon corps n'est en alerte. Sauf peut-être ces images qui repassent à toute vitesse. Ce vieux film de ma vie. Rien dans mon corps ne s'oppose à ce que je meure. J'aurais pensé que ce serait tout le contraire. Rien ne me retient. Je nage vers l'oubli. J'ai l'impression que des flots de sang s'échappent de ma bouche. À moins que ce soient des coquelicots. Tout est calme. Noir. Je ne vois rien. Je n'entends rien. Je ne sens rien, mais je ne peux plus bouger. Impossible d'appeler. J'ai peut-être mal. Je ne fais plus la différence. Il me semble que je respire encore. Je flotte. J'aime beaucoup flotter. Aujourd'hui, c'est mon meilleur rêve. Je rejoins qui je veux.

J'étais seule dans ma voiture. Je revenais de courses. Soudain, à cause d'une trop belle lumière sur un champ de coquelicots, trop poignante, trop écrasante, impossible à supporter seule, j'ai eu besoin d'oubli. Pas de mort. Juste d'oubli. J'ai voulu partir à l'assaut du soleil. M'aveugler. Me battre avec lui. Le traverser. Comme ces fauves qu'on dresse à franchir un cerceau de flammes. J'ai voulu quelque chose de fort à quoi me mesurer. Alors, comme un char d'assaut, j'ai lancé ma voiture vers le soleil. J'ai été trop loin. Je me suis brûlé les ailes. Maintenant, il y a ce déluge d'images qui s'abattent sur moi. Toutes ces images comme des cartes à jouer que le destin bat trop vite et trop fort et qui tombent les unes après les autres sur les tôles de la voiture. À moins que ce soit la pluie que j'entends, le doux bruit de la pluie comme sur le toit d'une cabane de jardin. Je retrouve les sensations que j'avais toute petite. L'émerveillement d'être couchée sur la terre et de sentir la pluie tomber sur mon visage. Ne pas bouger. Faire la morte. Laisser monter l'odeur de terre mouillée après cette accablante chaleur de juin. Ici, c'est un endroit isolé. Loin dans les champs. On ne me retrouvera pas de sitôt. Je l'ai voulu ainsi.

J'avais cinquante ans. J'en ai toujours cinquante. Mais j'ai aussi trois ans. J'en ai quinze et trente. Je vole avec une grande aisance d'un point à l'autre de ma vie, je nage dans un paysage. Je rejoins mon enfance dans les fresques des coupoles, je rejoins ces créatures s'élevant dans les nues. Il y soufflait toujours un vent puissant rabattant leurs voiles au-dessus de leurs têtes, les dénudant à moitié, tordant barbes et chevelures et ce vent qui se déchaînait semblait accélérer leur ascension. Comme elles, comme ces créatures, je nage et je flotte. Je plane avec les courants. J'ouvre les portes d'un couloir ou plutôt je traverse murs et portes aisément. Je me découvre derrière l'une d'entre elles, tout au bout d'un long corridor. Assise, immobile dans un fauteuil de velours rouge, seul objet personnel dans une chambre de ce qui paraît être un asile. J'ai presque cent ans. On dirait que j'attends. Je ne fais qu'attendre. C'est troublant de me rendre visite à moi-même dans un temps qui n'est pas encore venu. Il me semble que je n'aurais pas dû franchir cette porte-là. J'essaie de revenir en arrière. Je fais très vite le tour du fauteuil de cette vieille dame. Salut la très vieille ! C'est étrange de flotter ensemble. Il me semble que je suis allée trop loin. Je rejoins qui je veux. Morts et vivants confondus. Comme dans les rêves où les morts sont toujours vivants. Où l'on s'assoit près d'eux. Où l'on mange avec eux. Où l'on s'allonge près d'eux. Où l'on s'explique enfin sur les malentendus. Le plus grand restant celui d'avoir gâché l'amour. Et pis encore, toutes les possibilités d'aimer. Mais était-ce si facile ? On a beau jeu de le dire quand la mort est là.

J'ai l'impression de me vider de mon sang. Il faut que je cesse de m'éloigner. Il faut que je revienne en arrière. Il faut que je me tienne au-dessus des tôles de la voiture. Au-dessus de mon visage exsangue sur lequel tombe la pluie. Il faut que je reste au ras du sol, que je m'agrippe aux souvenirs immédiats et pauvres, aux souvenirs de rien. Il faut que je fixe ma pensée. Je crois que j'étais en train d'écrire un livre. Loin, bien loin d'être achevé... Un livre dont les pages flottent, elles aussi, comme mon esprit ou ma pensée ou je ne sais quoi d'autre qui flotte au-dessus de la carcasse de voiture.

Je me souviens de pieds de bébé me labourant les flancs et comme cela me rendait gaie. Je me souviens d'une calèche. D'un baiser. Je me souviens du ciel. Le bleu d'un seul coup s'est décroché. Tout ce bleu qui continue de descendre.

Je pensais avoir trouvé la première phrase du livre. La première phrase, c'est comme une fenêtre grande ouverte sur le jaune d'une prairie après des mois d'enfermement.

De beaux insectes bleus entrent par ma fenêtre…

De beaux insectes bleus ont percuté mon front. Ma mémoire se réveille. Je me laisse faire comme on se laisse aimer. Les mots ont sur moi le même pouvoir que l'amour. D'invisibles fils me relient aux plus grandes joies, aux plus brèves joies de ce monde. D'invisibles liens, je l'ai toujours su, m'attachent à l'auteur de cette phrase tombée comme une étoile filante dans mon Caddie. Je l'ai découverte en tournant les pages d'un livre gros comme un dictionnaire, debout dans l'allée d'un hypermarché où l'on bradait de la littérature au kilo. Depuis, elle exerce sur moi un véritable enchantement. À voix basse, à voix haute, je la murmure, je la redis. Sans voix aussi. Ouvert à la table des incipit où j'ai trouvé la formule magique, le volume repose sur la poignée du Caddie et le siège d'enfant. À l'aide de mes coudes, je le maintiens en équilibre et j'avance dans les allées du grand magasin, j'avance comme dans un jardin ensorcelé. Peut-être que je voyage sur les ailes d'un cygne sauvage ou sur un tapis volant. Je ne suis plus là. Je n'y suis pour personne. Encore moins pour moi.

Lorsqu'on les ouvre, on dit des draps anciens rangés depuis trop longtemps qu'ils ont gardé les plis d'armoire. On pourrait le dire de la mémoire. Plis d'armoire. Plis de mémoire. Replis de la mémoire… Longtemps après s'y reflète comme la lueur d'une torche engloutie, prisonnière d'une eau mercurielle. Je fais des efforts pour garder vive un peu de cette étoile dont la lumière s'affaiblit, toute prête de s'éteindre, pauvrement scintillante, comme la poudre d'argent sur ces cartes de neige et de vœux qui s'effritent mais qu'on ne peut se résoudre à jeter. Les vœux, les beaux vœux de cette année-là, ne sont plus que poussière au fond d'une boîte. Alors, l'ultime atome d'or ou d'argent qui reste accroché sur l'image apparaît vaillant et rebelle. On voudrait le déposer sur sa paupière comme un fard hérité d'une marraine fabuleuse qu'on s'inventerait, une marraine de contes de fées, qui vous léguerait cet emblème de reconnaissance, une paillette jetée par les dieux, donnant pouvoir de ressusciter les fêtes où l'on fût conviée et de ne jamais oublier les aveux partagés.

Aujourd'hui, je souris, d'un sourire presque détaché, comme si moi aussi je m'éloignais de ma vie, de ma peau, des traits de mon visage. Sans les voir vraiment, je souris à la foule, aux miroirs cruels des grands magasins. Je détourne les yeux de ce reflet qui me renvoie les premières marques du désastre. Je me concentre sur une image qui vient de loin. Un négatif poussiéreux. Une très vieille diapositive aux teintes fanées. Dans l'usure même des couleurs – trente ans ont passé –, je reçois ce qui rafraîchit et me vivifie, l'eau vive d'un lavoir, alimenté par un gave dévalant la montagne. À plat ventre sur la pierre à laver où l'on frottait, brossait le linge, où on le tapait au battoir afin de bien imprégner chaque fibre de savon de Marseille, je me souviens de l'odeur de cette lessive et de mon excitation au moment de la rincer, car il fallait que j'enfonce mes bras nus jusqu'aux épaules dans l'eau glacée afin de retenir les grands draps fuyants dans le courant. Je riais toute seule comme si toute la joie du monde m'éclaboussait. J'adorais me mesurer à la sauvagerie de ce gave dévalant les Pyrénées. À cette époque déjà, plus personne ne lavait son linge au lavoir. Même dans un village de montagne reculé. Plus personne. Sauf une jeune femme silencieuse, qui semblait ne rien voir autour d'elle et qui venait laver son parapluie grand ouvert, tous les soirs vers six heures. Comme elle, j'avais vingt ans. Je regardais descendre le crépuscule violet sur le dos des moutons.

Ma mémoire charrie des jours, des rires, des bulles de savon, des arcs-en-ciel. J'ai toujours autant envie de poursuivre les beaux insectes bleus. Je retourne auprès de ceux que la mort n'a jamais raflés. Je reprends les conversations interrompues dans les cafés, les squares, les chambres de juin où chuchotait une lumière de fin d'après-midi sur les draps froissés. Je renoue nos mains. Je rejoins qui je veux. Il me semble que je suis morte plusieurs fois déjà, clouée vive dans un album de photos dont je tourne les pages de silence et de plomb.

Dans cet hypermarché, j'avais fini mes courses. Sur ma liste presque tout était barré. Il me restait à acheter des cahiers, des carnets, des Post-it. J'avais écrit – *beaucoup de Post-it* – et souligné – *chercher des ouvrages traitant des troubles de la mémoire* – Les choses tombaient bien. On annonça que d'ici quelques minutes une vente de livres à vingt-quatre francs le kilo allait commencer. Je me dirigeais vers l'endroit où les décibels devenaient insupportables. Un podium, un animateur avec une cravate jaune, de fausses plantes vertes, un micro. Des montagnes de livres, mais d'ouvrages sur les troubles de la mémoire, point. Alors, je me mis à flâner entre les rayons. Je choisis quelques guides d'escapades que je me promets toujours de faire à pied, à cheval, à bicyclette ou en voiture. Des contes. Beaucoup de contes. Des bandes dessinées, un livre sur des recettes de confitures, marmelades, pâtes de fruits à la mode d'autrefois, un autre sur la culture et la taille des rosiers anciens. *Dans le cochon rien à jeter*, un manuel de secrets de cuisine transmis par une grand-mère bourguignonne qui avait sa photo sur la couverture du livre. Je choisis le livre parce que j'aime les photos de grand-mère en tablier, assise dans les cuisines. Le livre, je sais que je ne m'en servirai jamais. Je lis les recettes, les compare à d'autres, pèse le pour et le contre. L'heure ayant tourné, je sors comme d'un rêve et de bonne foi je crois avoir cuisiné. *Dans le cochon rien à jeter*, on proposait aussi de confectionner un cartable aux enfants ou – cet élégant sac de ville, pour vous, Madame – dans la peau de la bête qu'on aura pris soin de conserver et qu'on raclera consciencieusement avant de la tanner dans le fond de son jardin. C'est à la portée de tout le monde… Quelles économies ! Et quelle joie autour de soi ! On peut aussi fabriquer des brosses à dents avec les fines soies du porc et un blaireau pour Monsieur. À chaque chapitre, je mesurais mon incurie à gérer une saine économie familiale et à dispenser cette fameuse joie autour de moi. Je me sentais vaguement coupable de n'avoir aucun goût pour prendre en mains les choses de la maison. Toujours à me tenir à l'affût des mots au lieu de serrer les cordons de la bourse. Adieu savon noir, balais-brosses, cire d'abeilles, draps passés au bleu, armoires de lavande et de légendes, tarte aux abricots juste sortie du four, croustillante à point comme sur les belles illustrations. Pas le moindre sentiment d'urgence pour traquer le grain de poussière, les toiles d'araignées. Balais, plumeaux, plumettes, naphtaline, bombes antiacariens, antiodeurs, antifourmis restent dans le placard de Barbe-Bleue. J'ai juste un peu de considération pour l'instrument qu'on nomme tête-de-loup. À cause de son nom sans doute. Parce que j'aime les loups.

Quand de beaux mots ivres entrent par ma fenêtre, je lâche tout et m'accroche à leurs ailes. Alors, serpillières, balais et même têtes-de-loup… C'est déjà dur de faire des atterrissages forcés pour cause d'école, de collège, de conservatoire, bref pour cause d'enfants. Les mots ivres voudraient bien me suivre dans ma voiture. Je les chasse. Parfois avec des larmes dans les yeux. Il faut être à ce qu'on fait quand on conduit. Depuis un certain temps, j'ai appris à sourire même durant ce jeu de massacre. C'est sûrement ce qu'on appelle « accrocher un sourire à sa face ». C'est peut-être aussi une manifestation de l'âge. Je ne souhaite pas avoir de plis amers au coin de la bouche. Quand j'étais plus jeune, j'avais remarqué que certaines femmes à partir de quarante ans souriaient presque éternellement. J'en ai connu aussi qui riaient assez souvent dans la journée. Un peu comme si elles s'obligeaient à une discipline quotidienne. Beaucoup plus tard, j'ai compris que c'était une manœuvre de séduction, un appel sexuel destinés aux hommes auxquels elles adressaient leurs vocalises, sorte de gloussement érotico-lyrique, véritable crescendo de basse-cour. Face à leurs gorges tressautantes, quelques mâles confortés dans la haute idée qu'ils avaient d'eux-mêmes, se mettaient à glapir de satisfaction à la manière de ces grands singes qui se frappent le torse dans la jungle. Dieu que la vie pourrait être simple… Pourquoi chercher à se la compliquer ? Hélas, je n'ai pas une voix cristalline et je ne suis capable que d'énormes fous rires. Ma dernière discipline c'est donc de sourire de façon un peu systématique à peu près en toutes circonstances. Sourire si on me dérange quand j'écris. Sourire quand on m'agresse, que je suis contrariée, fatiguée. Sourire pour éviter les questions. Sourire au volant de ma voiture, dans les halls d'attente, les files des magasins, partout où l'on n'a pas l'habitude de voir sourire les gens. Sourire. Ne pas oublier de sourire. Sourire seule. Certes, c'est devenu un système de défense, mais il y a un don dans le sourire et comme une reconnaissance.

J'en étais là de mes réflexions, persécutée par les décibels du micro, quand je me mis à feuilleter un dernier livre sur la pêche au silure, monstrueux poisson d'eau douce dont j'ai toujours soupçonné et redouté la présence quand je nage dans lacs, étangs ou rivières, car je suis certaine de l'avoir frôlé. Je souhaite en savoir davantage sur le silure. Je regarde les photos de ce poisson géant qu'on appelle déjà « les dents de la Saône », car c'est dans un de ses affluents, la Seille qu'aurait eu lieu la première capture vers 1979. On dit que le propriétaire d'un étang de la Dombes se serait procuré une trentaine de petits silures du Danube pour les mettre dans un plan d'eau. Deux ou trois ans plus tard, pour s'amuser, il les aurait rejetés alors qu'ils pesaient près de trois cents grammes environ dans la Sâne-Morte, prophétisant qu'un jour on entendrait reparler de ses silures. D'autres versions existent comme celle d'un homme qui aurait rapporté quelques poissons-chats de Roumanie et les aurait laissés se développer dans son étang. On suppose qu'à la faveur d'une crue, ils passèrent dans la Sâne, puis dans la Seille, enfin dans la Saône… Une calamité… Un genre de catastrophe naturelle… Le livre dit : le silure est qualifié à tort de gros poisson-chat, en raison de ses moustaches. On remarque son énorme tête plate et arrondie où s'ouvre une gueule largement fendue d'où pendent de longs barbillons… Ses yeux sont minuscules… Son corps allongé est presque anguilliforme… Sa peau nue, visqueuse est dépourvue d'écailles… Marbrée de taches grisnoir, gris verdâtre ou olivâtre… L'aire naturelle du silure s'étend depuis le Rhin jusqu'aux eaux de la mer Noire et de la mer d'Aral… On le trouve en Yougoslavie… Il a été introduit dans la plupart des pays voisins… Enfin, on le découvre en France où il se plaît dans les rivières aux eaux profondes ou assez profondes, au courant plutôt lent… On cite des spécimens ayant atteint des records de 300 kilos et plus, pour des longueurs se situant entre 4 et 5 mètres… Parmi les photos des silures pêchés, l'un est porté par deux hommes. On décrit ce que contient généralement l'estomac des silures capturés : de gros rats d'eau, beaucoup d'écrevisses, des poissons-chats, des anguilles, des petits brochets, des poissons blancs, des oiseaux aquatiques, canards, poules d'eau… Un caniche aurait été carrément englouti… Un chien-loup y aurait laissé la patte arrière… Certains prétendent qu'autrefois, en Europe centrale, il n'était pas rare d'y trouver des corps de bébé, de lavandières et de nageurs… Des silures attirés par le bruit des rames frappant l'eau soulevèrent même des barques, faisant chavirer leurs occupants… Bigre !… J'en étais là de ma lecture, rétrospectivement secouée de frissons à l'idée d'avoir frôlé un de ces monstres parce que justement j'aime nager dans les lacs et rivières surtout au crépuscule, mon heure préférée… Si possible par léger vent du sud… Ciel couvert… Tendance à la pluie… Et plus encore par temps orageux… D'après le livre, toutes conditions réunies pour que les silures rôdent vers les berges s'approchant des basses branches… Je ne me lassais pas d'examiner ce monstre des eaux troubles qui, j'en étais maintenant certaine m'avait maintes fois frôlée de son corps froid et visqueux cherchant à m'attirer dans le fond des rivières, quand soudain, sur la couverture d'un livre je découvris qu'un vieil homme au regard pénétrant me fixait. Tranquille, imperturbable au milieu du tapage, la tempe gauche appuyée sur l'index, la main droite passée dans son gilet, je crus voir ses yeux s'animer. Je le reconnus et lui souris comme à un ami secret que je ne me serais pas attendue à trouver ici. Puis, comme si je récupérais un objet rescapé d'un naufrage ou confisqué depuis longtemps, je me saisis du gros volume où figurait son portrait et que d'autres commençaient à écorner. Avec force commentaires sur mon bon choix, l'animateur, qui toutes les trois secondes m'appelait – notre petite dame dans son imperméable noir – hurla dans le micro, qu'ici, non seulement on cassait les prix, mais on cassait les idées reçues. La culture était partout, la culture était en marche, la culture explosait, la preuve – notre petite dame dans son imperméable noir – en était le vivant exemple puisqu'elle avait fait l'effort de venir jusqu'au podium son Caddie plein à ras bord pour acquérir un des monuments de la littérature française… Combien d'enfants, notre petite dame ? Quatre ? Applaudissez ! Comment ? Des petits-enfants aussi ? Qui l'eût cru charmante petite dame ! Va lire tout ce gros livre notre petite dame ? Et ses enfants aussi ? Et ses petits-enfants ? Voyez-vous ça, comme c'est charmant ! Applaudissez ! Du bonheur dans les foyers ! Partira pas sans nous réciter quelque chose du grand poète dont elle a choisi les Œuvres Poétiques Complètes ! Allez ! Quelque chose appris par cœur comme tout le monde à l'école. Allez, allez, notre petite dame ! Pour tous les gens qui vous regardent et qui vous écoutent ! Approchez-vous bien du micro ! N'ayez pas peur, ça ne mord pas ! D'une voix monocorde, je commençai :

Murs
Ville et port
Asile de mort
Mer grise
Où brise la brise
Tout dort…

J'allais continuer quand il scanda d'une voix d'outre-tombe :

De-main-ain dès l'au-au-be-e…

– Bravo notre petite dame ! On applaudit, mesdames et messieurs. De plus, notre petite dame emporte un magnifique lot de saucisses de Morteau fumées au bois de genévrier. Une essoreuse à salade de la marque Saladine-Saladette, la seule qui essore sans vous tourner la tête… Et ce n'est pas tout ! Non, ce n'est pas tout ! Notre magasin est heureux de vous offrir un flacon d'eau de toilette du Mont Saint-Michel. Un litre, Mesdames et Messieurs ! Vous avez bien entendu ! Un litre ! Elle est tellement gâtée, elle va plus savoir où mettre tout ça, notre petite dame, hein, donc ! Merci à nos généreux sponsors ! Et surtout merci, merci à notre hypermarché qui accueille aujourd'hui ce Podium de la Culture. On me signale des T-shirts à vingt francs, Mesdames ! Et pendant trois minutes on brade à la poissonnerie. Avant de partir, n'oubliez pas de remplir votre bulletin de participation à notre grand tirage au sort. Premier prix : Un séjour pour deux personnes à l'auberge de la Chèvre Morte pour assister au Festival de Bouzerain où vous pourrez admirer la plus grande collection de vases de nuit jamais réunis ! Et on l'applaudit ! Elle l'a bien mérité, notre petite dame !

On pesa pour moi les Œuvres Poétiques Complètes de Victor Hugo. Trois kilos cent vingt-cinq grammes environ. Tout de suite, je l'ouvris à la table des incipit pour retrouver les débuts des poèmes qui avaient illuminé mon enfance. C'est alors que mon doigt s'arrêta et que je lus :

De beaux insectes bleus entrent par ma fenêtre…

Captivée, envoûtée, enchantée, j'essayai d'oublier mon numéro de duettiste et pour me sauver de ce podium infernal je poussai le Caddie dans les allées, me répétant les mots qui faisaient venir le rêve :

De beaux insectes bleus entrent par ma fenêtre…

Alors, entraînée comme dans une valse folle par une invisible présence, je tournoie au milieu des rayons, je vais, je viens, murmurant, marmonnant, psalmodiant les mots enchantés. Je ne sais pourquoi, ils me procurent une telle joie. Ils ont la force d'un Sésame Ouvre-Toi. La force d'un talisman. À moi qui ai quitté très tôt l'école, beaucoup trop tôt, écœurée au point de ne pouvoir lire que de la poésie et des contes, qui pourra expliquer mon irrésistible attrait pour les mots. Je suis là, plantée au milieu de cette grande surface avec tous les symptômes du coup de foudre. Cœur qui cogne. Mains qui tremblent. Jambes qui se dérobent. Voix qui ne sort plus. Les yeux vers les néons, je cherche une issue. Je cours vers une invisible présence pour me jeter follement dans ses bras. Nous valsons au milieu des rayons. Au passage je reconnais la tornade de Monsieur Propre. Celle qui m'entraîne vaut bien la sienne. Valse lente. Presque mortelle. Si proche de *La Valse* pétrifiée de Camille Claudel. Danse avec personne. Valse avec personne. Crève avec personne. Laisse-toi faire par les fantômes. Le cœur qui cogne, les joues en feu, c'est bon pour le moral. Ils passent une chanson un peu bête qui parle de mer, de plage et de cocotiers où tout est bleu, toujours bleu. Le refrain n'arrête pas de matraquer : C'est bon pour le moral ! C'est bon pour le moral !

Fuir ! Fuir avec les mots enchantés… Comme dans le conte d'Andersen : *fuir loin, bien loin d'ici, là où les hirondelles s'envolent pour longtemps*… Au milieu de cette foire, je comprends, je viens de comprendre les raisons de cette fièvre… Eurêka ! Je l'ai ! J'ai le début de mon livre… Je le tiens :

De beaux insectes bleus entrent par ma fenêtre…

Je me sens protégée ! Accompagnée ! Je ne suis plus seule sur la route. J'attrape farine, céréales, huile, sucre, chocolat noir, en proie à une excitation singulière. Un éblouissement. Catapultée en dehors de mon corps. Ailleurs. Où ? Je ne sais pas. Mais ailleurs. Dans les allées, entre les rayons, la phrase est en marche devant moi. Elle m'ouvre le chemin. Je la vois inscrite en arc de cercle sur l'ogive d'une haute fenêtre ouverte sur une prairie. Avec le blé en herbe, elle ondule devant moi :

De beaux insectes bleus entrent par ma fenêtre…

Je la poursuis, tirée en avant par une force invisible. Certaine, absolument certaine d'aller au bon endroit. Je me demande si les phrases ne seraient pas comme ces grands oiseaux migrants qui se posent sur une terre d'asile avant d'atteindre d'autres continents. Les phrases traversent les ans et les siècles pour tomber un jour dans un Caddie de supermarché. Dans le panier de la ménagère, il y a un cygne sauvage, un albatros ou un fou de Bassan. Voilà ce que je promène et que personne ne voit. Je vais m'accrocher aux ailes. C'est inouï à mon âge de penser que je peux encore voyager sur le dos d'un cygne sauvage comme la petite Lise du conte d'Andersen. Ayant cette pensée, je regrette de ne pas être accompagnée de mes enfants et petits-enfants. Un tel voyage les réjouirait. Mais il est vrai que s'ils avaient été là, le fil du songe se serait cassé à cause de leurs incessants questionnements, piaillements, couinements, disputes, jérémiades. Éternelle ambiguïté que je vis depuis plus de trente-trois ans maintenant. Je crains aussi de rompre le charme en cherchant dans la table des matières où se trouve le poème qui débute par ces mots qui m'enchante. Je cherche quand même et je trouve. Il s'agit du reliquat *de l'Art d'être grand-père.* Il y a une date. Le 14 mai. Nous sommes justement le 14 mai et c'est l'anniversaire de ma petite Hermine, la dernière de mes enfants. J'aime ce genre de coïncidences. Je suis persuadée que c'est un signe pour me sentir moins seule sur le chemin du livre. Il me reste maintenant à connaître la définition exacte du mot – Incipit –.

Incipit : se dit des premiers mots d'un manuscrit, d'un livre…

Je suis au comble de l'exaltation. Les premiers mots je les ai toujours cherchés. Je les cherche toujours. Sans cesse ma première page s'enfonce. Chaque jour une autre arrive par-dessus. Ce livre s'écrit par incipit successifs. Il me semble que j'en connais déjà la fin. Du moins, j'en ai une idée. Le début, lui n'en finit pas de s'installer. Un peu comme ces oiseaux migrateurs qui craindraient de se poser ici ou là et finalement décideraient de repartir. Le Caddie est fouetté de grandes ailes. C'est toute mon enfance qui me submerge. Depuis ce temps ce ne sont pas que des plumes que j'ai laissées. Non, j'ai été amputé au moins d'une aile. À moins que j'aie encore les deux mais qu'elles soient sérieusement rognées. On dit : prendre du plomb dans l'aile. Je me souviens qu'au bord de l'océan Atlantique j'avais recueilli un fou de Bassan empêtré dans du cordage et qui avait les ailes engluées de mazout. Durant plusieurs jours, je l'ai nettoyé, puis reposé sur la crête d'une vague. Bien sûr, je me souviens aussi des ailes géantes de l'albatros de Baudelaire. Mais aujourd'hui, particulièrement, je me redis la première phrase du conte d'Andersen, *Les Cygnes sauvages* :

Loin, bien loin d'ici, là où les hirondelles
s'envolent en Automne…

Je n'aurais pas aimé être la femme du grand Victor, pas plus qu'une de ses maîtresses ou l'une de ces polissonnes qu'il troussait derrière les portes. Non. J'aurais voulu être sa petite fille préférée. Vraiment préférée. Absolument préférée. Gribouillant, dessinant, laissant des signes partout sur ses manuscrits. J'aurais voulu que sa main se refermât sur la mienne, guidant mes premiers mots. Parfois j'aurais posé ma paume sur le dos de la sienne afin d'éprouver le tracé et les ondes de son écriture. J'aurais tant aimé qu'il m'installât sur ses genoux tandis qu'il écrivait et m'assoupir à l'heure de la sieste contre sa poitrine bercée par le rythme de sa respiration changeant selon le flux rapide ou lent de ses phrases. Regarder et entendre sa plume courir sur le papier et heurter le bord de l'encrier. Voir si des larmes coulaient quand un souffle plus fort le possédait. Et puis, sentir sa barbe contre ma joue, ses lèvres contre ma tempe, cette minute où face à la fenêtre ouverte il écrivit ce vers, cause de mon enchantement :

De beaux insectes bleus entrent par ma fenêtre…

D'ailleurs, je me demande si je n'y étais pas. J'y étais… Je m'en souviens si bien… Tout comme d'avoir voyagé sur les ailes d'un cygne sauvage.

Serait-ce aussi cela vieillir : ouvrir une fenêtre sur son enfance et bien au-delà…

Serait-ce cela mourir… Ouvrir une fenêtre pour laisser entrer les baisers non reçus… Les amours non vécues… Les années perdues… Les beaux insectes bleus…

Alors, je chante dans ma voiture.
Je chante sur le chemin du retour.
Je poursuis les beaux insectes bleus…

J'ai crié Eurêka ! De joie, j'ai tapé sur le volant.

Et brusquement, il y a eu cet éclairage magnifique sur un champ de coquelicots. J'ai voulu rejoindre quelque chose. Rejoindre mon enfance. J'ai tendu les bras. J'ai pris un chemin qui traversait le champ. Le soleil m'a aveuglée. Le ciel est descendu à toute allure sur les coquelicots. Alors, j'ai lancé ma voiture en direction du soleil et j'ai fermé les yeux.

– C'est malin…

– Tout est devenu bleu… D'un bleu qui se précipite.

– Aujourd'hui, je ne sais plus si je l'ai fait vraiment ou si j'ai écrit à propos de la lumière sur les coquelicots. À moins que ce soit sur Venise. C'est étrange, pour écrire sur Venise, il aura fallu ce manque insupportable, ce vide éternel, il aura fallu que je rejoigne le soleil, que je traverse le champ de coquelicots.

– Vous aimez tant que ça les coquelicots ?

– Je vous l'ai déjà dit, j'ai cinquante ans…

– On dit que vous écrivez toujours le même livre…

– Revenez quand j'aurais quatre-vingt-dix-sept ans… À partir de cet âge j'aurais décidé de laisser la mort gagner un peu de terrain. Vous vous tiendrez au pied du lit dans la chambre. Sur l'oreiller, j'aurais la pâleur qui convient. En principe, je devrais être inoffensive, c'est-à-dire, sans désir extravagant. Mais on ne peut jurer de rien.

À cette heure je ne sais plus si j'ai trente, cinquante ou quatre-vingt-dix-sept ans. C'est peut-être vous qui me le direz. Moi, je ne sais plus rien… Je ne reconnais plus rien. Tout a changé comme au sortir d'un rêve. J'ai l'impression qu'on s'est connus autrefois. J'ai l'impression de vous connaître depuis toujours.

Tenez, puisque vous aimez tellement compter, dans ce livre-ci, on va s'amuser – et ce sera pour moi un exercice salutaire – on va s'amuser à chercher combien de fois on trouve sur une seule page le mot – *coquelicot*.

Ainsi, la première phrase du livre ne sera pas celle de Victor Hugo qui laissait entrer par la fenêtre de *beaux insectes bleus*. La première phrase du livre m'est venue par la poste. Il s'agit de tout autre chose. L'errance d'une femme *qui s'en va seule, sans raison, dans le noir, le froid et la pluie*. Merci à la poste. Ce n'est pas un mince cadeau dans ma corbeille d'écrivain. C'est aussi une façon d'utiliser l'immonde fatras publicitaire ou soi-disant humanitaire, alarmant, alarmiste, culpabilisant, voire menaçant qui encombre chaque jour ma boîte aux lettres. Finalement, je me suis mise à aimer ces menues incidences dans les journées ordinaires. Chez moi aussi, le facteur sonne toujours deux fois et plutôt trois. Je suis lente à ouvrir. Non que j'aie des difficultés à me déplacer, mais parce que lorsque j'écris, je suis lente à sortir des images. J'ai un mal fou à m'extraire de la lanterne magique.

J'écris à la main. Quand je tape mes manuscrits, il m'arrive de me laisser entraîner par ce rythme nouveau et d'improviser directement sur une machine à traitement de texte comme sur un piano. Sachant assez mal me servir de ce dangereux ordinateur, à plusieurs reprises j'ai perdu des pages et des pages à cause de coups de sonnette intempestifs ou de brusques sautes de courant. Avant que le facteur ne sonne encore, je dois au moins enregistrer ce que je viens d'écrire. Il faut que je quitte, que je m'arrache à Datcha. doc. C'est le nom du fichier. Un titre possible pour ce livre ? Datcha. doc… Datcha. doc… Je dois y songer. Datcha, c'est tendre et gai comme une maison dans la forêt, loin très loin dans l'enfance ou dans sa vie de jeune femme.

Une annonce apparaît, me donnant le choix :

Enregistrer les modifications sur Datcha. doc ?

Oui Non Annuler Aide

Je ne sais pas. Je ne sais plus. Je crois bien que je perds la tête à force d'explorer les images de la lanterne. Le pis étant que je ne la perds pas assez. Je contrôle. Je ne cesse de faire des dérapages contrôlés.

Je serais tentée de choisir le mot – aide. Cette

machine serait-elle capable d'écrire le livre à ma place, de me souffler les mots ? Sûrement pas. Rien n'est plus bête, plus bêtement aux ordres que cette machine. Je clique sur oui. On verra bien. Le texte disparaît. Tout s'enregistre laissant un écran vide. Habituellement, je ne quitte jamais ma table de travail sans imprimer. Je ne suis en confiance que lorsque je vois les mots sur le papier. Une disquette, c'est totalement abstrait. Qui me prouve que le texte est bien là ? Une fois, il n'y avait plus rien sur ma disquette, qu'un méli-mélo de X Y Z qui s'en allaient comme une tornade vers le haut de l'écran. Il n'y avait plus rien. Mon travail était perdu. De plus, il se trouve toujours quelqu'un qui soutient la logique impitoyable de cette machine contre votre bonne foi. Quand ce genre d'incidents arrive, que vous perdez votre texte c'est forcément de votre faute. De si longs jours derrière les volets clos. Depuis, je veux voir les mots imprimés sur le papier. Noir sur blanc. Rien que sur le papier.

Quand le facteur a sonné, j'étais loin dans mon brouillard de mots, comme une marcheuse qui ne retrouve plus le chemin du retour dans une forêt. Je m'acharnais, je m'éventrais, me cognant partout, maudissant mon impuissance, mes insuffisances, ma peine à fixer ma pensée. De mes ongles, je grattais, je creusais la terre de ce chantier. Ce chantier de livre. Je m'épuisais dans la boue, la chienlit, la chiennerie de je ne sais quel esclavage. Et ce facteur qui sonne encore alors que je suis en pleine errance, hébétée d'oubli, moi aussi, au bord de la route, dans le noir, le froid, la pluie. Clouée. Inexorablement clouée. Figée dans la circulation de mon sang refroidi, je n'ai plus même la volonté d'évoquer un seul souvenir d'amour. Ma mémoire ralentie, durcie comme un caillou ne peut résister à la tentation du givre. Figée dans le sortilège qui fait dormir cent ans, j'arrive à peine à ramper vers le parc pétrifié. Prise par le gel, ma bouche ne sait plus faire jaillir le sperme des statues.

Tandis que je m'enfonçais dans le marécage du livre, dehors, il y avait de la vie, des éclats de voix sur le trottoir, des rires d'enfants. Filtrant par les volets, des abeilles de lumière m'incitaient à tout abandonner pour sortir. Tandis que les camions transportant le sable des gravières passaient et repassaient sur la route, j'avais l'impression de ne rien faire que d'écrire et d'être inutile au monde. Je n'avais même plus le goût de l'été, du ciel bleu. Je me traînais dans d'interminables corridors où donnaient des milliers de portes closes, poussant toujours celles qui ouvraient sur des chambres d'amour. Toutes baignaient dans une lumière irréelle. J'étais en visite dans ma propre vie en même temps que j'en étais absente. Éclairs, échos, brèves réminiscences, je reconnaissais tout et tout m'était étranger.

Pourquoi, mais pourquoi est-ce si loin ? Insaisissable ? Qu'est-ce qui a disparu ? Comme une revenante hantant des ruines je traque des lueurs, des songes et des murmures afin de me persuader que j'ai bien pris part à cette vie. Ou alors est-ce que rien n'a existé ? Il me semble que rien ne m'a appartenu. Ni ma peau. Ni mes os. Ni mon sang. Ni mes sentiments. Aurais-je tout inventé ? Est-ce moi cette femme allongée dans l'or des chambres, buvant des flots de lumière au goulot ? Comment ai-je pu accepter d'y rester enfermée si longtemps ? Pourquoi est-ce toujours ces portes-là que je pousse ? Aujourd'hui, la seule évasion dont je sois capable c'est d'écrire et de retourner dans les auberges de ma mémoire.

Quand le facteur a sonné, je tentais de me réchauffer à des souvenirs d'auberge. Des flambées d'amour à même les dalles du sol. Il y a beaucoup d'auberges dans ma mémoire. Les chambres y sont souvent modestes. Ce qui compte c'est d'y être amoureuse. On y monte les après-midi de juin, les dimanches d'hiver quand les voix des chasseurs et les abois de chiens s'éloignent au loin. Chambres qui tanguent comme les cales d'un navire. On y perd pied. On y roule d'un bord à l'autre dans un suint de bonheur. Aux lèvres le sel de la peau, les tanins d'un vin de Bordeaux au nom de mélancolie somptueuse : *château-chasse-spleen*.

Et puis, c'est déjà le soir contre la fenêtre. Un ciel d'encre assombrit les vitres. Le premier réverbère éclaire les plis des draps sur une fatigue heureuse. On entend les chasseurs qui reviennent. Les chiens fourbus sur leurs talons ne répondent pas aux abois de ceux restés à l'attache au village. Il est temps de se quitter. On flageole un peu sur ses jambes. La douche, on le sait pour venir ici souvent, ne coule jamais chaude. Inutile de remettre ses bas, ni aucune lingerie. Juste un manteau sur son corps presque nu. Sur la pointe des pieds, on descend par le vieil escalier. On sort par une porte dérobée pour éviter les hommes qui discutent et boivent dans la grande salle.

Dehors, c'est la lune et rien qu'un vide heureux, immense et clair. On ne peut plus se quitter. On se cherche encore. On a faim l'un de l'autre. Insatiable faim. Désir fou. Le désir associé à l'amour, c'est toujours le plus fou. Envie de recommencer. Ici et maintenant. Là. Tout de suite.

On roule au bord d'un fossé.

Au troisième coup de sonnette j'ouvre enfin au facteur et me retrouve avec beaucoup de courrier. Je ne lis jamais mes lettres avant d'être sortie de la page que je suis en train de rédiger. Mais là, je le fais. J'ouvre la missive de la Fondation pour la recherche médicale. Comme à des milliers de gens on me demande de remplir un bulletin de soutien et d'envoyer de l'argent. En tête de la circulaire je suis frappée par la photo en médaillon d'une femme presque sans âge. Elle me rappelle Virginia Woolf. La même photo est reproduite trois fois sur des papiers, des vignettes qui accompagnent la lettre. Cette femme aux cheveux gris très courts, au visage anguleux possède une curieuse présence. En même temps qu'une curieuse absence. On la dirait perdue dans ses pensées. Son regard est presque inaccessible. Quelque chose de sensible et d'intelligent se dégage de ses traits. De sa bouche surtout. Ce qui me vient à l'esprit avant de commencer à lire, c'est qu'elle est sûrement l'un des chercheurs de cette fondation. Je la vois travaillant sans cesse, s'épuisant à chercher. On pourrait aussi penser qu'elle est musicienne. J'ai vu des interprètes avec cette expression-là. Le regard démesurément ailleurs. Ce quelque chose de désincarné comme souvent le regard des poètes, des musiciens, de certains scientifiques. La lettre dit : le regard de cette femme exprime toute la souffrance d'une maladie qui nous menace dès l'âge de soixante ans. Elle est frappée de la maladie d'Alzheimer. On me prévient que j'ai déjà un cadeau dans ce paquet. Il s'agit de petites étiquettes autocollantes et imprimées à mon nom, réalisées spécialement pour moi. Je n'ai pourtant rien demandé. On me dit qu'en les utilisant sur mon courrier je contribuerai à sensibiliser mes amis à l'importance de l'aide que chacun peut apporter à la recherche médicale. J'espère y contribuer davantage en publiant ces pages.

Moi aussi, j'oublie de fermer le gaz. Il m'arrive de ne plus reconnaître les pièces de la maison que j'habite, de ne pas savoir ce que je suis venue y faire. Parfois, j'ouvre la porte du réfrigérateur et je ne sais plus ce que je devais y prendre. Une fois même j'y ai rangé mes lunettes. J'ai été consternée en les retrouvant. Ces choses surviennent quand j'écris beaucoup. Je me dis que c'est parce que je suis tout le temps dans mes pensées. Tout le temps dans un livre. Et surtout tout le temps dérangée dans mes pensées. Sans cesse interrompue par d'autres obligations. On croit que les mots vont se faire oublier, mais ils vous mordent les talons. Ils me rappellent à l'ordre quand je fais autre chose. Plus j'écris, moins j'ai d'intérêt pour les choses de la maison, moins je suis présente, vraiment présente pour les enfants. Au fond, je deviens comme ces hommes – et ils n'ont pas toujours l'excuse d'être écrivain – qui continuent après trente ans de vie commune de demander où se rangent les verres. Et le sel. Et le couteau à pain. Creuser uniquement dans une direction anesthésie d'autres fonctions. Je deviens une idiote désincarnée. Une guenon exsangue.

Alors, pour avoir moins peur de la maladie d'Alzheimer, il m'arrive d'imaginer le temps où je serai vieille. Un très vieil écrivain dans une sorte d'asile ou de maison de retraite. Dans trente ans peut-être ? Quarante ? Le plus tard sera le mieux. Quelqu'un aurait eu l'idée d'organiser un « petit colloque autour de mes livres ». Comme cela se fait quand on est très vieux. L'auteur. Sa vie. Son œuvre. C'est le bon moment quand on flaire la mort d'un vieil écrivain.

Donc, il y aurait une trentaine de titres autour desquels on pourrait gloser. L'essentiel étant de le faire dans un cadre agréable. Sous un cerisier en fleur. Avec un vin de fête. Des chambres pour y dormir l'après-midi, au lieu de travailler après les agapes de la vie littéraire. Petite minute de silence en mémoire de… N'oublions pas que c'est l'œuvre de l'auteur qui nous réunis… Et patati et patata ! Portons un toast à l'auteur ! L'auteur est mort. Mors aux dents. Mort sans dents. Vive l'auteur !

Oui, on peut raisonnablement imaginer qu'on organisera une petite manifestation de ce genre dans quelques décennies… Entre l'an deux mille trente et deux mille quarante peut-être…

C'est plus fort que moi, je continue à pousser des portes interdites. Je retourne dans cette chambre d'asile. Je vais rejoindre la très vieille dame assise dans son fauteuil de velours rouge et qui attend, les yeux tournés vers la fenêtre.

Ici, on m'appellerait – Madame L. ex-Femme de Lettres. Ils trouveraient que ça sonne bien pour leur établissement : Femme de Lettres. Avec des majuscules. J'aurais cessé de parler. Je n'ai jamais beaucoup aimé parler. Même jeune. Même enfant. J'ai toujours recherché la solitude et le silence. C'est ce que les imbéciles appellent être « asociale ». Un peu plus tard « profondément asociale ». Plus tard encore « mutique ». Mutante, serait pourtant plus juste. Quand on ne parle plus ou si peu, les mêmes croient qu'on n'entend plus. C'est très commode. Surtout pour moi qui aurais conservé toute mon ouïe et distinguerais le chant d'une mésange de celui d'un rouge-gorge, le bruit du vent dans le feuillage d'un platane de celui d'un saule. Je reconnaîtrais le pas des visiteurs sur le gravier. Je mettrais un nom sur ces pas. Je saurais quand c'est vous. J'entendrais ce qu'on dira derrière ma porte. On dira que j'ai la tête « ailleurs ». Une forte tête. Elle fait la tête. Elle a sa tête. Et puis elle a ses têtes. Elle n'en fait qu'à sa tête. Elle n'a plus toute sa tête. Ça dépend des jours. Tête de mule. « Vieille mule » dirait un jour le jardinier qui tiendrait pourtant une rose à la main que j'identifierais comme une Cuisse de Nymphe. « Émue » ajouterait-il fièrement. « C'est une Rose Cuisse de Nymphe Émue. » Je lui soutiendrais que non, probablement non. Elle serait plus colorée. Elle aurait un pourpre léger en bordure des pétales. Je le sais. J'en ai planté. C'est à ce moment, qu'il me traiterait de vieille mule.

Ici, on serait persuadé que j'ai perdu la tête. Vous trouverez que je me répète, mais je ne le répéterai jamais assez. C'est un peu comme si je vous parlais assise, ma tête coupée et posée sur mes genoux. Décapitée. Ma tête ne m'appartiendrait que par intermittences. Mes souvenirs ne seraient plus tout à fait à moi. Ma mémoire aurait grossi comme une tumeur. Je vous l'aurais déjà dit et redit. Elle aurait absorbé les jours de toute une vie. Les trous noirs de l'univers. Le soleil. Les Rois mages. Les cigognes. L'étoile du berger. Des fleuves tumultueux. L'acier des guerres. Les bombes au napalm. Toute une vallée de larmes. Et dernièrement la comète de Hyakutake.

L'heure arrive où l'on doit lutter front contre front avec la nuit des temps. Ce front de la nuit, ce peut être aussi l'écran où s'affichent les mots que je suis en train d'écrire. Pour les gens qui vieillissent, l'aube commence vers deux heures du matin. C'est à cette heure-là, qu'ils se lèvent pour prendre le temps à la course. Écrire avant que le coq ne chante trois fois. Sauter des ruisseaux. Se baigner dans la rivière à truites de Schubert. Retrouver un être disparu pour une promenade silencieuse le long d'un canal. Sourire devant l'assiette mise pour soi seule, jambon blanc déjà coupé en morceaux, carottes Vichy cuites au bicarbonate de soude « pour débarrasser votre foie ». Et parce qu'on serait proche de son centenaire mais que personne ne saurait jusqu'où on ira, on trouverait parfois sur le plateau, une marguerite plantée dans un verre à dents.

Mais la nuit des temps, c'est aussi l'attente d'une lettre ou d'une voix au téléphone. L'attente des résultats d'une analyse de sang. L'attente aux urgences d'un hôpital où l'on se débat, avec justement la Nuit des Temps.

Je revois un champ de coquelicots. Je vole, je nage au-dessus. Dans la bouche aussi, j'ai un goût de coquelicots. À moins que ce soit un goût de sang. Je m'enfonce vers la perte de toute espérance. La perte irrémédiable de mon enfance. Les hommes, le plus souvent, évoquent leurs guerres, les grands canyons, les neiges éternelles jamais visitées. Les continents arides. Les gouffres insondables. Je préfère me souvenir encore et toujours de mes amours, du visage adoré d'un enfant, du regard d'un amant. Perdus eux aussi. De toute façon, perdus.

À la première seconde du premier instant.

Dans cette maison de retraite, quelles que soient les saisons, je dors fenêtre ouverte. Le visage tourné vers le souffle de la nuit. Vers ton souffle. Rien ne peut défaire ce qui me lie à toi. Tu te penches sur moi. Je t'entends respirer. Comme autrefois, je te livre mes poignets. Grâce au vent, aux arbres, au silence, à la nuit, je capte ta respiration. Alors, tu circules dans mes veines, tu afflues sous la peau de mon visage. Tu afflues dans mon ventre. Je suis un galet que roule l'océan. Mes genoux brûlent comme lorsque l'amour leurs faisait endurer les tapis des chambres d'hôtel, les dalles des cuisines, les marches de pierre qui mènent à la cave où nos rires résonnent encore sous la voûte. Après il y avait la fraîcheur d'un vin gris. Quand monteront les larmes, je baisserai les yeux afin que nul ne me demande d'où me vient cette joie effrayante, si proche d'un chagrin. Elle me vient d'avoir été durant quelques jours follement aimée. C'est toujours en écrivant que j'arrive à te rejoindre.

Parfois, on fait irruption dans ma chambre pour fermer la fenêtre bruyamment. « Ah ! Ces courants d'air ! C'est pas raisonnable à votre âge ! Vous allez nous faire attraper la mort à tous ! Vous n'êtes pas toute seule ici ! C'est que ça souffle sous les portes cette saleté de vent ! » Et si je suis en train d'écrire dans mon carnet, si je suis en train de t'écrire : « Qu'est-ce qu'elle peut bien nous mijoter encore notre ex-femme de Lettres ? Qu'est-ce qu'elle peut bien nous écrire encore Madame L. ? Hein donc ! Montrez voir un peu ! » Et elle m'arrache mon carnet. Elle commence à lire à voix haute. Je rassemble toutes mes forces et, sans un mot, le lui reprends. Les poings sur les hanches, elle dit : « Ça cause pas, mais ça gribouille toute la journée ! Et c'est fière avec ça ! Jamais besoin de personne ! Vous feriez mieux de savoir ce que vous faites de vos affaires que vous égarez tout le temps et d'éviter de vous perdre dès que vous mettez le nez dehors, plutôt que d'aligner des pattes de mouche dans votre carnet. Votre heure est passée… Plus personne ne lit des trucs comme ça. À part ma nièce qui a dévoré tous vos bouquins. À la bibliothèque qu'elle les a trouvés. Une vraie fan… Elle m'a dit qu'elle voudrait bien vous connaître !… C'est qu'elle déchantera vite ! Une femme qui ne parle jamais, qui ne répond pas quand on lui cause et qui vous regarde, faut voir comment ! »

Elle éteint la lumière, referme la porte en la claquant :

– Dormez maintenant ! C'est le règlement !

Vous voyez comme c'est fragile une tête de quatre-vingt-dix-sept ans. À cause de cette intrusion, je perdrai le fil de ma pensée. Ma mémoire, ma voyageuse mémoire qu'ils mettront en cause se figera brusquement. Il y a dans la répétition des mots, l'errance de la pensée comme un désir d'amour qui ne veut pas finir. Comme un rendez-vous qu'on voudrait prolonger.

Ô ! Datcha ! Maison dans la forêt… Maison au balcon de bois sculpté… En juin, le cerisier poussait ses branches jusque dans la chambre… Un jour un écureuil a sauté sur la commode… Presque dans mes bras…

Vous êtes là ?… Je ne sais plus ce que j'étais en train de vous dire ?… J'ai perdu le fil… Je ne peux plus retourner sous la charmille à l'odeur de lilas… À moi, calèche ! Calèche d'amour. Noire et luisante sous la pluie. Rouge dedans. Attends-moi ! Roule ! Continue de rouler Allegro Vivo ! Emporte-moi !

Datcha !

Maison dans la forêt. Des enfants… Il y avait beaucoup d'enfants…

– Vous l'avez déjà dit…

– Aujourd'hui, je me souviens surtout de la lassitude des adieux au portail. Maudite lassitude. L'usure des baisers. Au début, c'est toujours le même éblouissement catastrophique qui vous pousse vers l'autre. Un raz de marée qui rajeunit le rire et le sang.

La fin des amours est éreintante. Même lorsqu'on y pense longtemps après.

Lassitude de la bergère.

Réponse de la bergère au berger.

Épuisement.

Ex Femme-de-Lettres,

Laissez-moi, vous aussi.

Partez, je vous en prie. Laissez-moi seule.

Laissez-moi retourner dans la lanterne magique !

Il y a une image dont je ne peux sortir, n'en déplaise aux chiens de garde de cette fin de millénaire, abreuvés un peu trop à ces deux mamelles : le cynisme et la froide distance intellectuelle, qu'il conviendrait paraît-il, de garder en toutes choses. Ce souvenir, c'est une image de panique et d'amour. De marche et d'exode. Ce qui m'en reste aujourd'hui, c'est au milieu du chaos traversé, le sentiment fabuleux que j'allais enfin rencontrer mon destin. Un peu comme dans un conte où l'on sent qu'après les épreuves quelque chose va bien finir par arriver. À cette époque, je ressemblais beaucoup à Gelsomina, l'héroïne du film de Fellini, *La Strada*. Comme elle, je m'étais mésalliée. Je vivais ce que je croyais être un grand amour avec un artiste peintre que je prenais pour Van Gogh. Il venait de me jeter à la rue avec nos deux enfants. J'étais au plus noir du conte, au plus sombre de la forêt. Je me retrouvais sans rien et pourtant sur ce morceau de trottoir j'eus l'impression tellurique d'un courant qui me traversait et m'enveloppait. Sans doute, j'allais devoir payer pour m'être si terriblement mésalliée, pour m'être fourvoyée avec autant d'entêtement. Mais en plein cœur de cette tourmente, il me semblait qu'on me guidait vers mon destin, qu'on traçait autour de moi un cercle magique. On me remettait des armes invisibles pour que je nous protège, les enfants et moi, et nous défende au plus sombre de la forêt.

Les enfants auront été ma joie et mon épuisement. Ma liberté et ma prison. Ils m'ont toujours donné la force de me relever, de me battre et d'avancer. Je ne sais rien de plus juste, de plus lourd et de plus léger au monde que le poids d'un enfant endormi qu'il faut porter durant une longue marche vers une vie qu'on espère meilleure. Alors voici une image qui revient comme dans un rêve que je ferai souvent. Mais ce n'est pas un rêve. À cause du lieu, bien plus que de la précarité où je me trouvais, j'ai toujours associé cette tour HLM du Val-Fourré que j'ai habitée un an, au donjon de Barbe-Bleue. Ma situation était comparable à celle des sans-abri dont on parle aujourd'hui. J'ai du mal à sortir de cette diapositive. J'y retourne souvent. À dire vrai, je suis toujours dedans.

C'était il y a vingt-cinq ans. Il me faut capturer une minute heureuse dans un exode. Disons, un miracle au milieu d'un désastre. Je suis assise sur un banc de square sous un tamaris dont les longues plumes presque mauves me caressent le visage. C'est à Mantes-la-Jolie. Je me suis sauvée du Val-Fourré où j'habitais au dix-huitième étage d'une tour qui en comportait vingt. Histoire banale. Je viens d'être malmenée, plaquée, jetée à la rue avec nos deux enfants par cet homme artiste peintre que je prenais pour un génie et avec lequel je partageais une vie assez misérable, dite de bohème. Pathétique et orgueilleuse confusion d'une fille de vingt ans bêtement entêtée dans la poursuite de son amour. Mais pour l'heure, je suis à la rue et je ne ressens rien, rien que des forces jusque dans le moindre de mes cheveux et la vive impression que je suis face à mon destin. Le mien. Enfin le mien. Je sais qu'il va falloir payer pour ma mésalliance, pour avoir mis tant d'obstination à me leurrer. Pour m'être racontée des histoires. Je suis prête. Là, dans la rue, quelqu'un d'autre m'habite. Une autre plus dure que moi. Déterminée. Quelqu'un d'autre fait ce que je fais. Quelqu'un d'autre s'en va, quitte cette tour maudite et marche. C'est le début de l'été. Je marche. Je marche droit devant. Je ne sais pas où je vais, mais je suis ivre de quelque chose que je ne connais pas. La liberté. Je marche droit devant moi avec les enfants dans une avenue blanche de poussière. On est aux portes d'un désert. Ça ne fait rien. Tout ce qui m'arrive me semble naturel. Je m'y attendais. Je suis dans un conte quand l'histoire se met à mal tourner et qu'il va falloir payer comme un droit de passage afin d'accéder à quelque chose de fabuleux qui finira par arriver, qui arrivera forcément. Je suis dans un conte. Je suis dans un musée. Dans une peinture qui raconte un exode. Je rentre dans une histoire. Je rentre dans le marbre d'une statue. J'ai des ailes aux talons. Jamais, à ce point, je n'ai ressenti l'appel du destin. Je me sens attendue. Dans la rue avec les enfants, c'est moi et ce n'est plus moi. J'arrive à m'extraire de ma peau. Tout fait trop peur. Tout fait trop mal. Alors, dans mon corps, ce n'est plus moi. Il faut que je marche. Il faut que j'aille là, où on m'attend. Mais qui ? Qui m'attend ? Qu'est-ce qui m'attend ? Au bout de l'avenue, il y a ce square pelé avec juste un tamaris en fleurs que je prends comme un signe de bienveillance. C'est peut-être lui qui m'attendait. J'ai honte de penser « seulement lui ». Il ne faudrait jamais attendre, espérer. C'est une vraie tare. Il faudrait se désintoxiquer de cette pensée. En guise de reconnaissance et pour qu'il me protège, je m'assois sur le banc sous ses branches pour allaiter mon nouveau-né. Je sais que je répète l'un des gestes les plus anciens, les plus vivants, les plus justes, les plus sacrés au monde. Je sais aussi que j'entre dans une des pages les plus sombres de ma vie. À ma petite fille qui joue dans le bac à sable j'ai donné, je m'en souviens encore aujourd'hui, un biscuit Chamonix Orange. L'air est doux. Personne ne pleure. Le ciel a la tonalité verte des toiles du Titien. Est-ce à cause de la brise dans les plumes mauves du tamaris ? J'ai l'impression d'être au bord de la mer, assise sur un banc enchanté dans une de ces allées bordée d'ifs qui surplombent tout ce bleu. Comme la vie est légère. Je tends mon visage aux embruns. J'entends presque le cri des mouettes. Je respire le parfum des mimosas. Non. Rien. Rien de grave n'est arrivé. Le vent est d'une incroyable douceur. À chaque fois que les branches du tamaris touchent mon front ou ma gorge, je ressens une immense félicité en tenant mon enfant rassasié, calme, endormi contre mon sein. Je regarde la joue de satin, le contour de la bouche accrochée à ma vie. Merveille des merveilles. Personne n'a mal. Personne n'est blessé. Personne n'est mort. Je me sens miraculée. Sauvée d'un torrent de boue. Bénie, archibénie par les dieux. J'ai la conviction que notre existence comptera des milliers de minutes heureuses. Ce qui nous arrive, ce n'est rien. Un petit pogrome. Une minifuite en Égypte. Sans l'Égypte, sans âne, sans Joseph. J'apprendrai d'ailleurs à me passer de tous les Joseph du monde. Pour l'heure c'est plutôt un tyran que je fuis. Hérode de ma jeunesse. Mais, mieux vaut être foutue dehors que de subir la violence ou l'acharnement d'un homme qui veut vous enlever vos enfants. Celui-là était trop content de se débarrasser des siens. Au fond c'est ma chance. Il fallait que je la saisisse tout de suite. Il fallait que je déguerpisse d'ici. Cette tour du Val-Fourré, c'est la tour de Barbe-Bleue. Il a dit que j'allais recevoir une bonne leçon, apprendre ce qu'est la vie et qu'on allait bien finir par se noyer dans les difficultés, les gosses et moi. Mourir de faim et d'épuisement dans le caniveau. Parce que la vie est dure paraît-il, et quand on n'arrive pas à élever seule ses gamins, la DASS, c'est pas fait pour les chiens, hein ma fille ? Tu te crois plus maligne que les autres, peut-être ? Arrête de sourire comme ça, quand je te parle ! Fais pas l'insolente ! Tu ne vas pas la conserver longtemps ta petite gueule d'ange quand tu seras sur le trottoir et que vous n'aurez rien à bouffer les gosses et toi ! Faudra bien que tu les abandonnes à la DASS, grosse maligne. Comment tu vas te débrouiller quand je ne serai plus là pour vous nourrir ? Baisse les yeux quand je te parle ! Je suis un artiste, moi ! Je suis un grand peintre ! Un jour on reconnaîtra mon talent ! Le monde entier se pressera pour voir ma peinture ! On se mettra à genoux devant mes tableaux ! Il me faut le vent du large ! Alors, que je ne vous trouve plus sur ma route ! Dégage ! Casse-toi et bon vent !

Ne pas se le laisser dire deux fois.
Ne pas répondre.
Ne pas pleurer.
Ne pas se retourner.
Ne jamais oublier.
Ne jamais pardonner.

J'ai eu le temps de saisir la poussette, un cabas que j'ai rempli de choses indispensables. Mes papiers. Les carnets de santé des enfants. Mon livret de famille. Des vêtements. Quelques médicaments. Au passage j'ai pris des fruits et des biscuits. J'ai raflé un billet qui dépassait de la poche de sa veste. On est en 1969. Je ne recevrai aucune aide. Aucune allocation. Aucun secours. Mais je n'attends rien. Je ne demande rien. Je ne veux pas avoir affaire aux institutions. J'ai trop peur qu'on m'enlève les enfants. On me tournera le dos. On me claquera la porte au nez. Partout on me fera la morale et je payerai durement mon identité de mère célibataire. Certaines féministes pures et dures mêlant politique et psychanalyse me diront que je n'avais qu'à me faire avorter. Il n'y a pas de secours pour moi auprès d'elles. À leurs yeux, la maternité est une régression. Vingt ans plus tard, les mêmes qui me fustigeaient et me trouvaient « materni-sante », procréeront in extremis après la quarantaine bien tassée un unique rejeton, et présenteront tous les symptômes d'une maternité gâteuse et bêlante, bien loin des consignes autoritaires et des dogmes qu'elle assignaient. À cette époque, où que je me tourne, j'aurai la société sur le dos. Où que je frappe on me fera la morale. Je ne crois qu'en mes poings serrés, en ma rage de vaincre. Mes forces me semblent inépuisables. « Vous avez l'air si douce », me diront parfois des hommes de rencontre. Ils ne savent pas que derrière cette apparence se cache une femme en cuirasse et en armes, absolument déterminée. Je ne subirai pas. Non, je ne veux pas de leur amour si prompt à me réduire à la dimension d'une tête de Jivaro. Pas plus que je n'accepterai la protection sourcilleuse, avaricieuse des patriarches éructant entre deux sanglots la liste de leurs chiches bienfaits. Avant tout, je ne subirai pas les événements. Je livrerai bataille. Je n'ai pas d'argent. Il faudra bluffer et commencer à signer les premiers chèques sans provision. Il faudra bien commencer une longue cavale. Dans ce sac j'ai toute ma vie matérielle. Dans mes bras j'ai tout l'amour du monde. Le poids de l'amour qui ne sauvera jamais rien et certainement pas le monde. Mais il se trouve que cet amour quand il vous enrage assez fort permet au moins de tenir debout et d'avancer.

D'un coup de pied, j'ai poussé les battants des portes coupe-feu, trois en tout qui séparent les paliers et mènent à l'ascenseur. En panne. C'est écrit sur un carton. J'ai descendu les dix-huit étages de cette tour maudite. J'ai poussé ma voiture d'enfant dans une avenue qui n'en finissait pas, écrasée de chaleur blanche. Pas un seul arbre. Derrière moi les tours du Val-Fourré. Devant moi toute la vie. La guerre et la vie. J'ai pensé au *Lion* de Belfort. J'avais le souvenir d'avoir enfoncé ma main dans sa gueule jusqu'à l'épaule quand j'étais petite et de m'être demandée pourquoi ce n'était pas une lionne. Elle aurait tout aussi bien défendu la ville. J'avais hâte de trouver des arbres. Il y a eu ce square comme une oasis dans un désert de poussière. C'est en m'asseyant sous le tamaris, la tête trempée dans ce ciel presque vert du Titien que j'ai entendu des mots qui affluaient sans que j'y sois pour quelque chose. Je me suis surprise à murmurer : *tamaris, tamaris, je suis là, vivante avec mes enfants*. J'ai senti des larmes couler. Ces mots je les ai écrits dans un petit carnet que je possède toujours. Je ne les ai jamais oubliés. Ma joie était immense sans que je comprenne d'où elle venait. Était-ce à cause de la quiétude de ce nourrisson assoupi et de l'autre petite, insouciante, tout à la joie de jouer dans le sable ? Dans mes bras, le profil de mon bébé endormi ressemblait à celui des enfants peints par Mary Cassatt. Nous étions dans l'étincelle de cette éternité heureuse. Toutes trois, entrées vives dans un tableau de Mary Cassatt. Juste avant que le bleu ne vire au noir. Et je sentais venir le noir comme on sent venir l'orage sous un ciel qui s'obscurcit. Voilà un exemple d'image où je trouve refuge. Avec les larmes qui venaient, c'était toute la force du monde qui m'accompagnait. Rien ne me faisait peur. On était au premier jour de la création. Tout était à conquérir. À perdre. À reconquérir. Et ces mots entendus, ces mots de rien, ces mots du désert, *tamaris*, *tamaris*, si étrangement consolants, résonnèrent en moi comme un coup de tonnerre. Une semonce des dieux. Une volée de cloches pour célébrer une fête que je n'aurais pas même osé imaginer. Ces mots roulaient dans ma tête avec la force d'un rocher détaché de la montagne. Ils annonçaient que quelque chose allait m'arriver : Écrire. Peut-être fallait-il passer par la tour du Val-Fourré, par l'abandon, par l'errance, la panique pour libérer la voix que j'avais toujours fait taire en moi. Je pensais qu'écrire était forcément réservé à une élite lettrée et cultivée et non à une fille comme moi, éjectée très tôt de l'école et considérée comme une bonne à rien. Il me faudrait écrire comme de l'exil. Écrire pour atteindre les autres. Écrire pour avoir une identité. Écrire pour racheter ma liberté. Et ce serait comme un invisible compagnonnage. Une protection. Un rendez-vous jamais manqué.

1970-1972, Paris. Pas d'argent. Pas de travail. Pas de logement. Personne qui puisse m'aider. Juste des petits secours. Pour une nuit. Pour un jour. Chambres de bonne sous les toits, surchauffées l'été, sans chauffage l'hiver. Prêtées pour très peu de temps par aussi pauvres, aussi fauchés que moi. Filet d'eau glacée sur le palier. WC à la turque tout au bout du couloir. On garde manteaux et chaussures. On dort avec son manteau, faute de couvertures. On rend grâce à qui partage avec soi le peu qu'il a. Pour une ou deux nuits, on se sent en sécurité. C'est comme un petit havre. Parfois quelqu'un veut bien me garder les enfants. Je file par l'escalier, j'arpente Paris à la recherche d'un travail. N'importe quoi, du moment que je peux gagner quelques dizaines de francs par jour pour nourrir les enfants. Je n'ai aucun diplôme. Rien. Je ne peux donc prétendre à rien.

C'est la fin de l'été. On me promet une place « d'hôtesse » dans une pizzéria, tout près du carrefour de l'Odéon. Le travail consiste à débarrasser les clients de leurs manteaux, à leur assigner la table où ils doivent s'asseoir selon une stratégie mise au point par le patron. Il faut d'abord occuper les places à la terrasse et près des fenêtres en bordure du boulevard Saint-Germain, afin que de l'extérieur on constate qu'il y a du monde, que l'établissement n'est pas vide. Ensuite, je dois tenir propres les toilettes. Nettoyer les sièges, passer la balayette dans la cuvette des WC derrière chaque client et pulvériser un peu de produit déodorant. À mon intention, il y a une soucoupe avec quelques pièces jaunes que j'entends parfois résonner. Une fois un serveur me les a toutes prises, me disant que je n'avais qu'à les mettre de coté plus vite. Depuis, je sais que je dois les ranger dans une pochette qui ne me quitte plus. Également, il me faut circuler entre les tables pour proposer des cigarettes que je porte dans une panière attachée en bandoulière. Je dois être présente de onze heures du matin jusqu'à minuit. Parfois plus. Je suis nourrie. J'ai droit à une pizza et à un café que j'avale debout près de l'office quand il n'y a plus de clients. Pas de salaire fixe. Pas de contrat de travail. Pas de sécurité sociale. Je ne suis payée qu'aux pourboires. C'est à prendre ou à laisser. À la rue avec deux enfants, je prends. Je commence dans deux jours. Ce que je prends aussi, c'est la décision la plus dure de toute mon existence, celle dont je ne me remettrai jamais. Me séparer des enfants, jusqu'à ce que j'arrive à redresser notre vie et à louer au moins une chambre pour nous trois. À Paris, je ne connais personne. Moi seule, je peux toujours dormir n'importe où. N'importe comment. Mais avec les enfants, c'est impossible. Les gens qui m'ouvrent leur porte sont eux-mêmes mal logés, ils n'ont pas assez de place. On ne peut pas m'accueillir avec les enfants. Je connais quelqu'un à Aix-en-Provence en qui j'ai confiance et qui veut bien les accepter en pension et veiller sur elles. J'emprunte de l'argent. Le lendemain je prends un train.

Celui qui n'a pas été contraint d'abandonner ses enfants comme j'ai dû le faire durant toute une année, parce que j'étais trop pauvre pour les élever, ne comprendra peut-être pas ce que j'écris, ni le sentiment de révolte qui m'anime encore aujourd'hui, la rage de me battre aux côtés des plus faibles pour tuer, carrément tuer dans l'œuf les monstres sourds, aveugles et mous qui siègent dans nos institutions. Non, je ne me suis jamais remise de m'être séparée de vous. Je suis toujours dans ce train qui nous conduisit toutes trois à Aix-en-Provence. Votre peau, votre odeur, votre voix, vos cheveux châtains, l'étincelle bleue de votre regard, j'essayais de tout fixer. La vie était dure. Elle vous reprenait. Je gagnerais. La rage de vaincre ne m'a jamais quittée.

L'aînée avait sept ans. La petite presque deux. Comment dire à une si petite fille : – Je vais perdre les premiers mots que tu diras. À jamais. Je ne t'embrasserai plus le soir, ni le matin. Je ne te prendrai plus par la main. Je ne te baignerai plus. Je ne brosserai plus tes cheveux. Comment dire à une fillette de sept ans : – Tu as l'âge de raison, peut-être que tu vas comprendre. Ton père est parti en me disant de me débrouiller. Tu sais combien de jours il y a dans une semaine. Combien de semaines dans un mois. Je crois que notre séparation va durer quelques semaines, peut-être quelques mois. Je vais beaucoup travailler pour gagner de l'argent et revenir vous chercher. On aura une belle vie. Nous louerons un petit appartement. Il y aura des radiateurs et de l'eau chaude. On prendra des bains ensemble. On achètera des lits, une table, des bancs. On achètera une Cocotte-Minute, des moules à gâteaux, des couvertures légères et mousseuses, de chauds manteaux. Avec l'argent que je gagnerai, on achètera aussi des jouets, des crayons de couleur, on fera du camping au bord de la mer. Vous verrez la belle vie qu'on aura ! Les belles surprises que je vous ferai. Il ne faut pas que tu pleures. Je vous écrirai tous les jours. Parfois, je vous téléphonerai. Vous m'enverrez des dessins. Ça va passer très vite. Bientôt on reprendra le même train, mais dans l'autre sens…

Et puis, il y a eu cette ruelle à la périphérie d'Aix-en-Provence. Un pavillon. Un jardin. Une grille. Le temps de remettre la valise avec leurs effets. Les carnets de santé. Le temps de glisser quelques recommandations dont on se doute qu'elles ne seront pas tenues, comme on le dit d'une promesse. Le temps de dire que la petite est parfois longue à s'endormir, qu'il faut lui laisser une veilleuse et sa peluche fétiche. Dire aussi qu'elle aime encore prendre un biberon le matin. Lentement. Pas trop chaud. Avec des petits mots tendres. Dire que l'aînée aurait besoin qu'on l'aide pour ses devoirs et vérifier qu'elle se brosse bien les dents. Ne pas oublier non plus le baiser du soir et de l'aider à m'écrire des lettres. Des petits mots.

Les enfants connaissaient déjà les lieux et les personnes. Très vite elles se sont mises à jouer avec un chiot. La grille s'est refermée. J'ai pris la mine la plus enjouée, j'ai fait un signe de la main comme si je partais juste pour quelques courses. La plus petite a voulu porter dans ses bras le chiot jusqu'au portail afin que je le caresse au travers des barreaux et que je lui dise au revoir, une fois encore. Elle s'est fait rappeler à l'ordre par le mari de la nourrice, un ancien militaire. Au travers des barreaux, on a pu s'embrasser et se prendre les mains. Comme elles repartaient courir après le chiot, je me suis enfuie sur le chemin jusqu'à disparaître de leur regard. Je me suis arrêtée au coin d'une haie. J'ai écouté. J'ai entendu des pleurs que je reconnaissais. Une voix de grande personne tentait de les calmer. À nouveau, il y a eu les jappements du chiot et des rires en cascade. J'ai marché vers la gare sans me retourner.

J'ai pu travailler deux mois à la pizzéria. Le trente et un décembre 1971, on me demanda de rester jusqu'à quatre heures du matin pour aider au réveillon de la Saint-Sylvestre. Il y avait beaucoup de monde. Il fallait vendre plus de cigarettes. Nettoyer les WC bien plus souvent aussi à cause des gens malades d'avoir trop bu et trop mangé. À minuit, il y eut les rituelles embrassades. Le patron, petit homme brun et suant, qui avait l'air d'un caïd du milieu, poussa sa panse contre mon ventre et posa sa lippe sur mes joues. En même temps qu'il me soufflait dans le nez son haleine de chacal, je fus gratifiée d'une pièce de cinq francs qu'il enfonça dans ma paume pour les heures supplémentaires que j'étais en train d'effectuer cette nuit-là. Je m'essuyai les joues. Je pensais aux enfants. Je les imaginais dans leur sommeil. Le manque, le manque d'elles était insupportable. Avec ce que je gagnais ici, j'avais du mal à régler leur pension. Il me semblait que jamais, non, jamais, je n'arriverai à louer même la dernière des chambres.

Vers cinq heures du matin, au moment de partir, le patron me dit que ce n'était pas la peine que je me représente. J'étais « trop bien » pour ce boulot. Je me tenais « trop fièrement ». Mon regard indisposait les clients, paraît-il, et j'étais beaucoup trop distante, un air d'aristo qui cadrait mal avec l'établissement. Certains clients avaient même demandé « qui est cette fille, qu'est-ce qu'elle fait là ? », etc. Tout cela gênait la bonne marche du service. En refermant sa grille, il me lança : – Si tu veux bosser ma petite, il faudra apprendre à baisser les yeux. Et à plaire à tout le monde ! Avant de tourner les talons, je lui crachai au visage.

Ce matin de Saint-Sylvestre, pas de métro. Rien que mes jambes pour rentrer à la Bastille. Dans ce quartier assez sinistre à l'époque, quelqu'un de louche m'avait prêté une chambre sordide au fond d'une impasse où s'élevait un tas de charbon, et de la ferraille. Dans la chambre, ni eau, ni électricité. Il y faisait glacial. Aujourd'hui on dirait que je « squattais ». La porte avait été forcée. Elle ne fermait plus. J'enroulais un morceau de ficelle à la poignée que je reliais à un clou planté sur le mur d'à côté. Devant la porte, je poussais quelques briques qu'on avait laissées là, ainsi que de vieilles planches hérissées de pointes. Je me sentais presque en sécurité. Toute la nuit, je gardais mon manteau... Je pensais aux petites. Je me demandais si elles étaient assez couvertes. Si elles avaient le cœur gros au moment de s'endormir. Si on s'en occupait bien. Parfois, il me semblait les entendre respirer. Moi aussi, j'avais peur de dormir dans le noir. Je craignais que quelqu'un pousse la porte. Je ne pouvais dormir qu'avec un bout de chandelle allumée. Parfois, il me semblait entendre des pleurs, comme si on pleurait au creux de mes oreilles. Il me semblait qu'elles m'appelaient. Je me réveillais en sursaut et les voyais marcher vers mon lit en chemise de nuit. J'avais l'impression de mourir et que jamais je ne pourrais aller les rechercher. Mais entre le cœur lourd et le cœur révolté, c'est toujours la révolte que j'ai choisie pour me sauver d'un désastre.

Après qu'on m'eut signifié mon congé cette fin

de nuit de Saint-Sylvestre, en attendant que s'ouvre la bouche de métro, je me dirigeai vers une brasserie juste en face de la pizzéria. Comme je n'avais pas d'argent, je descendis au sous-sol, pour attendre au chaud. Là, était assise une grosse femme d'une soixantaine d'années qui gardait les toilettes. Elle aussi avait une soucoupe avec des pièces jaunes qu'elle versait au fur et à mesure dans la poche de son tablier. Une vraie professionnelle. Le plus étrange, c'était ce violoncelle à ses côtés. En lui souhaitant la bonne année je ne pus m'empêcher de lui demander ce que faisait cet instrument aux portes des toilettes. Un client le lui avait-il confié ?
– Non, me dit-elle, il est à moi. On me permet d'en jouer après dix heures le soir. J'étais violoncelliste. Même dans le besoin, je ne peux me résoudre à vendre mon instrument. Alors, le mieux, tant que mes doigts pourront, c'est encore d'en jouer. Ça me fait un peu d'argent. Il y a des clients généreux, vous savez. Ce n'est pas rare qu'on me donne dix francs. Elle cala son instrument entre ses grosses jambes variqueuses, saisit son archet, le leva, son visage de bouledogue se concentra. Elle se mit à jouer une *Suite pour violoncelle seul* de Bach. Vibrantes et pleines, comme sous les voûtes d'une cathédrale, les notes s'élevèrent dans l'escalier rempli de sciure et de relents d'urine. Là-haut, dans la salle de la grande brasserie, le bruit des couverts et les conversations s'arrêtèrent. Dans le souci de satisfaire la clientèle de cette nuit-là, elle changea de répertoire et se mit à jouer un air américain, une musique de country, acide et gaie comme le vent d'hiver où

il était question de bonne et heureuse année. De là-haut, on entendit des applaudissements. Un garçon, descendit portant sur un plateau, une flûte de champagne. C'était de la part d'un client. Il y avait aussi une petite corbeille avec quelques billets. Elle demanda une autre flûte de champagne pour moi et la paya avec l'un des billets de la quête.

Quand je la quittai, je pensai que la liberté, c'est aussi le chant d'un violoncelle qui monte d'un sous-sol sordide, c'est une voix qui s'élève d'un soupirail. La liberté, c'est peut-être cette cage ouverte qu'on porte en soi.

Après des semaines de démarches et d'essais infructueux, je finis par retrouver une place d'ouvreuse dans un grand music-hall parisien. Ici non plus, pas de fixe. Juste des pourboires. Il fallait commencer le soir vers sept heures, jusqu'à une heure du matin. Le samedi et le dimanche, plusieurs spectacles se succédant, on devait être présentes de midi jusqu'à minuit. Parfois plus tard. Il y avait un roulement entre les filles. On pouvait s'absenter à tour de rôle entre deux spectacles. Notre fonction s'intitulait : *À Votre Service*. Les soirs de première étaient les meilleurs. Le Tout-Paris était là. Certaines de ces personnalités étaient généreuses, d'autres radines et indifférentes. J'ai placé beaucoup de ce beau monde à l'époque. Comme les autres filles, j'avais sur le dos un uniforme, veste, pantalon ressemblant à celui d'un groom d'ascenseur. Rouge avec des boutons dorés. Une toque rouge sur la tête. Comme toutes les filles à l'entracte, je portais en bandoulière un grand panier contenant glaces et confiseries. Nous avions droit à un pourcentage sur la vente de ces produits. Nous le mettions en commun et le partagions après le spectacle. L'intérêt de chacune et de toutes était donc de vendre le plus de crèmes glacées possible. Un jour, on m'a rappelée à l'ordre parce que je ne gueulais pas assez fort : – De-mandez Miko ! Cho-colat glacé ! Demandez bonbons ! Caramels ! Esquimaux ! Demandez ! Demandez ! Aucun son ne sortait de ma gorge. Au moment de rendre la monnaie je craignais souvent de me tromper et d'être obligée de rembourser sur mes maigres pourboires. Les filles qui faisaient ce boulot étaient toutes célibataires et sans enfants et pour la plupart d'entre elles, étudiantes, apprenties comédiennes ou désirant faire carrière dans le show-biz. J'étais la seule à exécuter ce travail pour des raisons de survie. J'étais la seule à avoir des enfants. Je resterai presque trois ans dans ce temple des variétés. Je guettais le moment où je pourrais enfin louer un petit appartement et ramener les enfants. Pour entrer dans n'importe quelle location, on me demandait de verser d'avance l'équivalent de six mois de loyer. Ce qui me tenait lieu de bulletin de salaire, faisait apparaître que je gagnais deux cents francs par mois.

Mon service terminé, je rentrais à la chambre de la Bastille par le dernier métro. Il fallait que je prenne des ruelles sombres. Chaque fois qu'on me suivait j'avais peur. Quand j'arrivais à la porte de la chambre, il me suffisait de la pousser puisqu'elle ne fermait plus. Je craignais qu'il s'y trouvât déjà quelqu'un. Je laissais la minuterie de l'escalier allumée, le temps de chercher des allumettes et une bougie. Dès que la flamme brillait enfin, je refermais la porte selon mon système habituel. La ficelle. Des briques devant. La lumière de la bougie métamorphosait tout. Je ne me sentais plus seule. Des ombres dansaient sur le mur et le plafond. C'est incroyable comme la lueur d'une simple bougie a le pouvoir de métamorphoser une chambre sordide en un lieu plein de mystère. J'avais le sentiment qu'on veillait sur moi, qu'il allait m'arriver quelque chose de grand. D'immense. D'inespéré. Cette chambre était forcément un malentendu. Et pourtant dans cette chambre j'étais à ma place puisque je n'en avais pas d'autre. Il me semblait que mon destin devait s'accomplir d'ici. On me mettait à l'épreuve. Au noir. Au froid. Au silence. Au pain sec. Au cachot. Comme dans un conte. Un conte très ancien lu dans l'enfance. Je sentais mes résistances s'aiguiser. Je me trouvais privilégiée de ne pas avoir à subir la pire des épreuves, la maladie incurable ou la mort d'un enfant. Je pensais au chagrin de ceux qui en passent par là. Ma vie ne pouvait que se dénouer. J'en étais sûre. Je payais pour l'entêtement d'avoir voulu vivre une certaine idée de l'amour et d'avoir persisté dans mon erreur. C'est sans doute ce qui m'avait menée dans cette chambre de la Bastille. Mes propres choix. Ma mésalliance aveugle et obstinée. Mais aujourd'hui, il me semblait que les enfants étaient au bout de cette épreuve. Bientôt, je pourrais les toucher. Je vivais pour cet instant.

C'est à cette époque que le miracle eut lieu. Une jeune femme que je connaissais à peine, mais que le récit de ma vie miséreuse et vagabonde auprès de mon artiste peintre avait frappée, me dit qu'un éditeur de sa connaissance s'intéressait aux « témoignages de femmes ». Elle savait que je cherchais à faire toutes sortes de travaux. Mais écrire je n'aurais pas même osé y penser. Elle ajouta qu'il n'était pas nécessaire de savoir écrire, il suffisait d'enregistrer le récit sur bande magnétique. Je n'avais jamais vu d'éditeur. J'imaginais qu'ils devaient être un peu verdâtres comme les académiciens. Vous gourmandant sans cesse. Traquant les fautes d'orthographe. J'en commettais tellement ! Et aujourd'hui, encore ! Sans doute fallait-il renoncer à rencontrer cet éditeur car je me sentais trop de lacunes et ce serait comme retourner sur les bancs de l'école dont je ne gardais que le souvenir des humiliations et des coups de règle sur le bout des doigts. Mais les mots qui soufflaient dans ma tête et que j'entendais depuis l'enfance, *tamaris*, *tamaris* et tant d'autres, eurent raison de mes craintes. J'irai. Mais je me garderai bien de confier même à un éditeur ce que j'entendais depuis si longtemps.

Deux jours après, je montais les marches usées d'un vieil immeuble de la rue de Nesle. On m'ouvrit. Je me retrouvai dans une pièce, très haute de plafond, entièrement tapissée de livres. Ou plutôt, hérissée de livres. Il y en avait partout. Sur la cheminée, le bureau. Sur le rebord des fenêtres. Sur le sol. Derrière des piles de manuscrits, un homme apparut, grand et mince, des lunettes, le front dégagé, il avança vers moi, me tendit la main et m'invita à m'asseoir. C'était Jean-Jacques Pauvert. De lui je ne savais rien. Sauf qu'il avait découvert Albertine Sarazin dont il avait publié les écrits alors qu'elle était en prison. Ce fut un succès extraordinaire et on en parlait beaucoup à l'époque. Je lui dis que je trouvais fabuleux une telle revanche après avoir mené une vie de galère. Et terrible, qu'elle soit morte si jeune sur une table d'opération à cause d'une faute d'anesthésie au cours d'une intervention chirurgicale mineure sur l'astragale, petit os du pied qu'elle s'était brisé en sautant le mur d'une prison. *L'Astragale* était d'ailleurs le titre de son premier livre. Je ne savais rien d'autre. Je savais seulement que Jean-Jacques Pauvert m'écoutait, un peu comme un médecin qui ne dit rien et qui vous écoute, tantôt en baissant les yeux comme pour ne pas vous gêner, tantôt en vous regardant pour vous encourager à continuer. Je savais aussi que je devais reprendre mon service d'ouvreuse dans un peu plus d'une heure. Il demanda : – Et vous ? Je lui racontai ma galère à moi avec l'artiste peintre, la roulotte, l'errance, le froid, la faim, le dix-huitième étage du Val-Fourré, la rue, les enfants. Et aujourd'hui, la séparation avec les enfants, les minables boulots, l'absence. Surtout l'absence. J'ajoutais, que jamais de moi-même je n'aurais osé solliciter une rencontre auprès d'un éditeur, d'autant que je n'avais rien écrit. Je me sentais écrasée par le souvenir de ma courte et exécrable scolarité. Et puis, j'étais totalement inhibée par les fautes d'orthographe que je commettais à chaque mot, à chaque ligne… Il rit et me dit que l'écriture, ce n'était ni l'orthographe, ni des règles de grammaire, l'écriture c'était autre chose. Certes, une bonne orthographe ne nuisait en rien, mais reprit-il, l'écriture c'est autre chose. C'est une voix. Je me retins de lui confier que j'écrivais parfois des phrases qui s'arrêtaient brusquement, me laissant un malaise profond. Je me retins de le lui dire, de crainte qu'il ne me trouvât « dérangée ». Au moment de nous quitter, il ajouta simplement : « Écrivez une dizaine de pages de ce que vous m'avez raconté de votre vie avec cet artiste peintre. L'ordre importe peu… Écrivez comme vous avez envie d'écrire… Et apportez-le-moi ! Je vous donnerai une réponse très vite ! »

Je me retrouvais dans la rue. Une rue de février à Paris. Jamais personne ne m'avait écoutée et parlé avec cette bienveillance. La rue était une rue d'éternité. L'éternité d'une minute à cause de ce regard de reconnaissance. À cause de ce mot prononcé par Jean-Jacques Pauvert : « *Écrivez !* » Je marchais vers ma place d'ouvreuse, je marchais vers mes pourboires, je marchais vers la chambre de la Bastille. Je pensais au jour où je ramènerai les enfants avec les dents. Je savais que j'écrirai. Je savais que je ferais tomber mes résistances, que je libérerais la voix qui grondait depuis l'enfance. J'apporterais dix pages à Jean-Jacques Pauvert. Et tant pis, si les bras lui en tombaient, tant pis s'il me disait : – Désolé, mais ce n'est pas ce que j'attendais… De nouveau je ressentis cette impression étrange que je ne me trouvais pas dans la vraie vie, mais dans un conte. Surtout, il ne fallait pas le dire. Personne ne le croirait et d'ailleurs personne ne se souciait de mon existence, personne ne savait que je dormais dans cette piaule glacée de la Bastille. J'entendais résonner le mot – *Écrivez !* – qu'il avait prononcé. Ce mot comme une épée magique levait tous les obstacles et me rendait ma chance perdue. Volée. Massacrée. Abandonnée par ma faute. Jetée aux chiens comme la langue coupée de la Sirène du conte d'Andersen. Ce mot magique – *Écrivez !* – prononcé par Jean-Jacques Pauvert me restituait non seulement ma vie, mais aussi ma chance. Et surtout ma langue. Ma voix. Ma voix confisquée depuis si longtemps et dont je n'avais jamais osé me servir pour moi-même. Cette nuit-là, quand j'allumai ma bougie dans la chambre de la Bastille, je compris que j'avais en mains les instruments pour infléchir le cours de mon destin et me mesurer à lui. Depuis, c'est toujours de là que j'écris, de la chambre de la Bastille. Même si j'ai traversé des parcs enchantés, légère aux bras d'un amour, ou si je me suis assise sur un banc de jardin, un nouvel enfant dans les bras, loin de la peur et de la faim, c'est toujours sous le tamaris du petit square près du Val-Fourré que je demeure avec les autres enfants, ceux de l'exode. Je ne comprends pas grand-chose à ces arrêts sur image. Tout simplement je suis dedans. Et c'est toujours de la chambre de la Bastille que j'écris.

La nuit, toutes les nuits qui suivirent, après mon travail d'ouvreuse, j'écrivis avec ferveur près de la flamme dansante, j'écrivis en imaginant que le retour des enfants en dépendait, j'écrivis pour les retrouver. J'étais certaine qu'elles étaient au bout de ces pages. Je gardais mon manteau, je gardais mes bottes, je crois même que je dormais avec. Je n'avais besoin d'aucun repos. J'écrivais sur le vieux matelas sans drap, sans couverture, le dos calé contre un sac qui contenait toute ma vie. J'écrivais avec l'idée qu'écrire me vengerait de tout. Je rachèterai la langue coupée de la Sirène d'Andersen. Je ne permettrai pas que la Petite Marchande d'allumettes pour se réchauffer flambe jusqu'à la dernière de ses allumettes et finisse par mourir de froid et d'indifférence sur un trottoir de neige. Je n'accepterai pas d'être séparée plus longtemps de mes enfants. Mes allumettes à moi, c'était mes mots – ça l'est toujours – et je les craquerai, tous, les uns après les autres. Quelqu'un qui écrit est bien moins seul qu'un type qui dort sur une grille de métro, qu'un mourant dans une chambre d'hôpital, qu'un enfant dans un orphelinat de Roumanie ou d'ailleurs. Quelqu'un qui écrit, c'est quelqu'un qui a besoin d'être seul. Et ce n'est pas la même chose.

Il me semblait que ce que j'écrivais chaque nuit n'avait plus rien à voir avec ce que j'avais raconté à Jean-Jacques Pauvert. Vraiment rien. Je me retrouvais en plein dans le cauchemar des rédactions de l'école : « hors sujet ». Il était question de la flamme de la bougie, de solitude, d'absence et de mort. Pas de la vie vagabonde avec le peintre. Or, c'était un témoignage sur cette vie-là qu'il souhaitait. Je n'arrivais pas à l'écrire. Tout comme pendant l'entracte, je n'arrivais pas à hurler « bonbons, caramels, chocolats ». Cette histoire allait sans doute tourner court.

Quelques jours plus tard quand j'eus une dizaine de feuillets, je retournai rue de Nesle. Je rasais les murs, je fixais le sol tant je craignais de remettre ces quelques pages à Jean-Jacques Pauvert. En les recevant, il me dit de ne pas m'inquiéter, qu'il lirait mon texte « d'un œil professionnel » et me donnerait très vite une réponse. Il fallait que je le rappelle dans deux jours.

Au bout de ce temps, quand je pénétrai dans son bureau, il m'accueillit avec ces mots : « Vous êtes un écrivain. » Ce fut la première bonne parole de toute mon existence. Elle me fit l'effet d'un sacre. Je n'oublierai jamais le contrat qu'il me tendit pardessus son bureau. Je n'oublierai jamais avec quelle délicatesse il me versa un premier acompte en espèces, comme s'il avait senti la précarité de ma situation. Il ajouta que : « c'était naturel de payer les auteurs et que les éditeurs étaient faits pour ça ». Je n'oublierai jamais la lumière qui brilla dans la forêt. La porte qui s'ouvrit toute grande et, depuis, ne s'est jamais refermée.

Il me restait à faire cette chose incroyable : écrire. Pour regagner ma chance, pour retrouver mes enfants, il me restait à tracer les mots entendus dès l'enfance, jamais reconnus par les autres, l'école, les institutions, il me restait à employer de simples mots, clefs et serrures de ma liberté. J'écrivais partout. Comme une folle, j'écrivais. Dans le métro. Dans le vestiaire du music-hall. Et surtout la nuit quand je retournais à la chambre de la Bastille. Je me disais : les enfants sont au bout. Au bout de ce cauchemar. Ma chance est au bout de ce que j'écrirai. Écrire, c'était tirer l'épée. Écrire, c'était combattre. Écrire, c'était gagner.

J'ai toujours aimé l'hiver. J'ai toujours écrit d'un pays de neige. Il y a souvent dans mes livres des traîneaux qui glissent et des charrettes qu'on tire dans la neige. Aujourd'hui seulement, je comprends qu'ils viennent de cet exode de ma jeunesse.

Mon premier livre, *La Première Habitude* raconte cette vie d'errance, d'amour et d'absence. Je me souviens de la nuit où après mon travail d'ouvreuse, j'écrivis les premières phrases à la lueur de la bougie dans la chambre glacée de la Bastille. Je ne sentais plus le froid. Il me semblait que les enfants étaient au bout de mon stylo-bille. J'avais toutes les chances. Toutes les forces du monde m'étaient redonnées. Je me souviens de la fièvre, de l'exaltation avec laquelle je traçai les premiers mots, sans peur, sans honte, sans crainte de jugements :

… Mon habitude ressemblait à une marche le long d'un chemin bordé de sapins. J'avais vingt ans. J'avançais avec la force de ceux qui savent tirer des traîneaux, corsage ouvert sur le givre, le froid planté comme une lame dans les gencives. Rien ne m'importait que d'avancer. Le ciel était bleu. La cime de cristal des sapins le transperçait comme le cri d'un alléluia. Il faisait froid. Je tenais la main de Raphaël. J'avançais avec lui. La neige tombait sur mes épaules. En me touchant elle me bénissait. D'ailleurs tout me bénissait. Je me sentais bénie…

L'argent que je gagnai pour écrire ce premier livre, lui aussi fut béni, puisqu'il me permit de louer un petit appartement et de prendre le train en sens inverse pour rechercher les enfants.

Vous êtes encore là ? Ne me laissez pas divaguer toute seule… Quand je fais le noir dans ma tête, que je me coupe de tout, de mes souvenirs, de mes amours, de mes enfants, de la musique, de la lumière, de ma propre enfance, alors je me sens très proche de ces vieilles esquimaudes qui l'heure venue s'éloignaient, dit-on, pour aller mourir sur la banquise. Soudain, c'est une évidence, il faudra marcher jusque-là. S'asseoir dans la nuit polaire. Laisser le froid mordre ses os.

Pour m'y préparer, j'ouvre toutes grandes mes ailes de cigogne. Je vole vers l'asile où je me retrouverai un jour et je sais bien que la vieille sur la banquise, incorrigible, ne pensera encore et toujours qu'à l'amour.

Un rai de lumière sous la porte. Quelqu'un

derrière ou personne ? Mais ici, quelqu'un ou personne c'est la même chose. Je me souviens d'un abat-jour éclairant le sein d'une femme lisant dans un fauteuil. Image flottante comme le reflet d'un fanal dans une eau grise. Lire sous la lampe c'était souvent à l'approche du soir ou les après-midi d'hiver.

Aujourd'hui la lampe éclaire quoi ?

Le détachement. L'éteignoir.
Le renoncement. L'absence.
Lettres anciennes dans un coffret.
Voix retombées. Sang retombé.

Une perle en verre de Venise brille entre les lames du plancher… Mais non, c'est juste un débris de naphtaline… Est-ce que tout, vraiment tout, doit en arriver là ?… À la naphtaline… L'embaumement… Écrire… Tenter d'écrire comme on tente d'aimer… Vers la perte… Se laisser marquer par d'invisibles tatouages au fer rouge brûlant la plante des pieds, forçant à se lever. Surtout se lever. Et marcher, marcher, apparemment sans raison. Comme elle, comme cette femme, marcher dans le noir, le froid, la pluie.

Vous me dites que j'écrirai un autre livre. Pour

ne pas rompre le charme, j'évite de vous répondre : posthume.

Tenez, à propos de cigognes, de livre, posthume ou non, je me suis amusée à chercher quelques titres en vous attendant. C'est excellent pour mon cerveau. Je n'ai pas besoin de faire leurs exercices stupides. Chercher des titres est autrement amusant. Pour ce livre-ci, tout est parti d'une histoire de cigogne, sans que sache très bien pourquoi. Plus exactement, c'est le départ de la cigogne qui m'obsède, ce que reprend la cigogne. Chercher des titres dégénère toujours un peu, comme vous le verrez. Vous n'aurez que l'embarras du choix.

LES BROUILLONS DE LA CIGOGNE
LES BROUILLARDS DE LA CIGOGNE
QU'EMPORTE LA CIGOGNE ?
AUTANT EN EMPORTE LA CIGOGNE
LE REPOS DE LA CIGOGNE
PLATE ASSIETTE DE LA CIGOGNE
LE BROUET DE LA CIGOGNE
QUAND REPART LA CIGOGNE ?
DÉTACHEMENT DE LA CIGOGNE
ATTENTION, LA CIGOGNE VA VOLER
SUR LES AILES DE LA CIGOGNE
PAN-PAN LA CIGOGNE
PAR TERRE LA CIGOGNE
GRANDS CLAQUEMENTS DE BEC DE LA CIGOGNE
L'ŒUF DE LA CIGOGNE

EN ATTENDANT LA CIGOGNE
LA CIGOGNE ET MOI
DEBOUT LA CIGOGNE
CIGOGNE PAR-CI CIGOGNE PAR-LÀ
CIGARE ET CIGOGNE
EN GARE LA CIGOGNE
GARE À LA CIGOGNE
VOUS AVEZ DIT CIGOGNE ?
AUBERGE DE LA CIGOGNE
HEIDI : ÉLEVAGE DE CIGOGNES
GIGOTS DE CIGOGNES
CIGOGNES ET GIGOGNES
COGNE LA CIGOGNE
AU SECOURS LA CIGOGNE
QUAND BRAME LA CIGOGNE
CAMBRONNE LA CIGOGNE
LES EMBROUILLES DE LA CIGOGNE
BARRE-TOI LA CIGOGNE
POTION DE LA CIGOGNE
PATIENCE DE LA CIGOGNE
CARNETS DE LA CIGOGNE
LES BROUILLONS DE LA CIGOGNE
QUAND LA CIGOGNE MARCHERA AU PAS DE L'OIE

– Vous semblez consterné. Pourtant c'est à force d'aligner des mots, qu'on trouve. Il faudra voir avec l'éditeur. Parfois, ils ont des idées. Il arrive même que toute une équipe s'y mette et qu'on finisse par le trouver ce titre…

– Par quoi commençait ce livre ?

– Je ne sais plus… Je serais tentée de dire par

rien. Je n'ai plus envie de répondre. Un livre à écrire devrait rester la chose la moins urgente du monde. Presque un sentiment d'allégeance. Une ascension. Quelques battements d'ailes vers l'oubli. À l'évidence, c'est tout le contraire. Et si je savais encore pleurer, ce serait pour m'être laissée entraîner vers les limbes et me trouver dans l'incapacité de nommer, de reconnaître ceux que j'ai aimés. Même les traits de leurs visages commencent à fondre comme neige au soleil. Certains jours ils ne me rappellent rien.

– Dans votre carnet, j'ai trouvé des pages datées du jour de votre accident. Appelons-le le jour des coquelicots. Elles contenaient l'ébauche d'une pièce de théâtre. La liste de courses à faire. Des réflexions sur des pertes de mémoire qui vous préoccupaient. On peut supposer que vous avez écrit en prenant appui sur le volant de votre voiture et même en conduisant. Je vais tout vous lire. Jusqu'aux petites annotations en marge. Je vous dirai ce que vous avez souligné ou encadré. Peut-être vous souviendrez-vous ? Peut-être y aura-t-il une lueur ?

Je vous lis des extraits :

> Une femme vieillissante parlerait d'un dîner qu'elle veut donner dans le parc d'une grande maison délabrée, un soir d'août à la belle étoile.

> Titre : À la belle étoile ?
> Datcha ?

L'un après l'autre, elle évoquerait les hommes qui ont traversé sa vie. Elle les convierait tous ensemble et se retirerait. Il faudrait une grande table ovale. Le dîner se déroulerait comme par enchantement. Sans personne pour le servir.

On entendrait des bruits de verres et de couverts. Dans l'ombre on devinerait la masse de la grande maison tchékovienne. L'une après l'autre, les fenêtres s'allumeraient. À chaque fenêtre éclairée, un instant de la vie de cette femme se jouerait avec un homme différent. Chaque homme présent à la table essaierait de comprendre le rôle qu'il a tenu dans sa vie. Scène d'amour, de rupture. Scène comique. Parfois la femme serait seule ou porterait un enfant.

Là, elle va à la fenêtre. Le bébé a laissé retomber sa tête contre son épaule. Dans sa main, elle tient une fine percale et un biberon de lait. Elle regarde dehors. On dirait qu'elle attend quelqu'un. Il fait sombre. Elle ne voit rien. La lumière s'éteint. Une porte-fenêtre s'éclaire. C'est celle du balcon. On la voit qui danse dans une robe rouge, qui chante, qui rit. Elle tient une flûte de champagne.

À la fin toutes les fenêtres s'éclaireraient sur des présences immobiles. Puis, s'éteindraient d'un coup, ensemble.

Seule, une lucarne minuscule sous les combles se rallume. On y devine une femme à sa table de travail en train d'écrire.

Je me demande si ce ne serait pas pour le théâtre cette histoire-là. Il faut que je l'écrive.

Datcha…

Pourquoi pas ?

– Et si vous repreniez l'idée de la Datcha ?

– Je crois que je m'en souviens. Dans cette Datcha, une femme donnait un dîner. Autour d'une table ovale, plutôt grande, elle conviait les hommes qu'elle avait aimés. Aujourd'hui, j'écrirais les hommes qu'elle avait cru aimer. Non, ce n'est pas encore le mot juste. Elle y convierait les hommes qui ont compté. C'est-à-dire ceux, qui ont résisté à tout. Ceux qui ont traversé votre vie sans la prendre. Et soudain, cela réduit considérablement les proportions de la table. L'adjectif féminin – grande – se rapportant à table est maintenant superflu. Cependant sans être grande, la table peut rester ovale bien sûr…

– Vous me faites rire…

– Notez quand même : une table ovale dressée sous la charmille. Mise comme par enchantement. On peut y rester des heures le soir auprès du lilas. Elle y convierait les hommes qui ont compté. Aimer ne veut plus rien dire. Les hommes qui survivent à un grand amour sont ceux sur lesquels on peut toujours compter. Malgré l'amour. Je veux dire la fin de l'amour. Ils ont résisté à tout. C'est pourquoi je les aime. Combien sont-ils ? Un ? Deux ?… Morts et vivants confondus. Ce sera décidément un souper presque intime…

Je continue de vous lire :

… Je ris à cette pensée. Je ris de la vie. Je ris de cette farce. Je ris dans les coquelicots. Je ris toute seule. Je ris de ces flots rouges qui s'échappent dans les coquelicots. Je ris de ce bleu qui se précipite, du ciel qui descend sur moi. Je ris de ces notes éparses, idiotes, insensées. Pourtant, elles seules ont le mérite de la vérité. La vérité nue. Sans repentirs. Je ris, je souris à l'idée de ce qu'on trouvera. Dans ce grand jeu de colin-maillard, je ris de ce que j'emporte. Je ris de savoir où se cache ma vérité.

Les carnets sont ce qu'il y a de plus intime chez un écrivain.

Pourquoi s'y intéresse-t-on après sa mort ?

La mort doit leur ajouter un léger intérêt. C'est toujours la mort qui écrit, qui persiste et qui signe.

La mort signe tout.

C'est elle le véritable auteur des livres.

Elle est toujours cosignataire du livre qu'on est en train d'écrire.

Lu il n'y a pas si longtemps, dans un journal estimable qui traite des livres une fois par semaine, un dossier de trois pages sur l'œuvre d'un auteur récemment disparu. De son vivant pas une ligne. Écrivain retiré, accablé peut-être par les tirages limités, l'indifférence.

Deux ans après sa mort, on crie au génie. Pas moins d'une dizaine de manifestations se préparent, nous dit-on. Autant de colloques, radios, télévisions, foires, bazars. On exhume des pièces de théâtre dont personne ne voulait il y a trois ans. Comme si ce n'était pas assez, on publie des entretiens de gauche et de droite. On découvre des inédits, encore des inédits. On les publie aussi. C'est fou ce que les fonds de tiroirs des auteurs morts intéressent.

La mort fait vendre.

Vive la mort.

Dans cette vie, on aime beaucoup les morts.

On a toujours préféré les morts.

– Un peu plus loin, daté du même jour, vous avez écrit :

De toute évidence, je perds la mémoire. Je dois faire un immense effort pour me souvenir des choses quotidiennes, surtout quotidiennes. Les courses. Les noms des gens, des rues. Les dates. Où je place les objets. Parfois, je suis incapable de formuler ma pensée ou alors je raconte plusieurs fois la même chose. Je m'en rends compte très vite à la façon dont on me regarde avec cette pointe de politesse presque gentille. Dans la crainte de me répéter, je préfère me taire. Je me tais. Je me demande ce qui m'arrive. J'ai la force encore d'accrocher ce fameux sourire à ma face. C'est le meilleur écran pour éloigner toute sollicitude. Et surtout toute question.

Sourire et se taire.

Acheter des carnets.

Faire provision de Post-it.

Se taire.

Se taire.

Encore se taire.

La boucler.

Vérifier que c'est bien moi dans le miroir.

Me forcer à me regarder dans les yeux.

Cesser de me prendre pour une étrangère.

Cesser toute divagation.

Ne pas faire de confidences.

Accomplir des gestes simples.

Brosser mes cheveux longuement, tête en bas face à la fenêtre grande ouverte été comme hiver.

Souligner mes pommettes avec un fard qui donne bonne mine.

Terminer ma douche avec un jet d'eau fraîche pour me souvenir des sources vives.

Sourire même quand il n'y a personne et pas vraiment de raison. En faire une règle.

N'accepter aucun engourdissement. Aucune dérive vers le sommeil ou le renoncement.

Surtout ne rien dire. Ne rien laisser paraître.

Garder pour soi doutes et angoisses.

Se renseigner sur les premiers symptômes de la maladie d'Alzheimer pendant qu'il en est encore temps.

Acheter des livres sur le sujet.

Il semblerait que je sois encore trop jeune pour en être atteinte. C'est ce que disait un spécialiste à une émission de radio. J'aime bien l'idée d'être – encore trop jeune –.

J'ai peur de perdre le contrôle de la situation.

Se renseigner sur d'autres formes d'amnésie.

Pourquoi efface-t-on une partie de sa vie ?

Pourquoi d'infimes détails éclairent-ils brusquement les trous noirs ? Pourquoi sont-ils si souvent liés à l'amour, aux émotions heureuses, à la joie ?

La vie serait-elle à ce point un champ de terreur, à ce point éreintante, qu'on puisse imaginer être victime de ce genre de court-circuit ? Je crois que oui.

Vite écrire.

Résister.

– Toute cette page est encadrée au marqueur jaune fluo.

Sur la page de gauche, revient souvent cette phrase :

Ne pas oublier ce petit texte sur Venise.

– Un peu plus loin :

Ne pas oublier la calèche.

Ne pas oublier le baiser.

Chercher le fil. Trouver un ordre. Il y a forcément un ordre qui m'échappe pour l'instant. Accepter ce chaos apparent.

Accepter de sombrer si c'est pour quelques secondes de pure émotion.

Écrire.
Se taire.
Surtout se taire.

Ô datcha !…

Maison dans la forêt… Balcon… Cerises… Le nom des cerises, je m'en souviens : cœur-de-pigeon. Les branches en étaient pleines. Les écureuils sautaient jusque dans ma chambre… Presque dans mes bras… Comme j'étais vivante, alors… Pourquoi ne se trouve-t-il jamais personne pour vous dire qu'on est vivante.

Maison perdue ! À cause d'un glissement de ma mémoire. Pis, bien pire qu'un glissement de terrain… Qu'une coulée de boue…

Dans cette maison, il y avait des enfants. Beaucoup d'enfants. Je les entends encore.

D'où vient cette datcha ? Je n'en ai aucun souvenir.

Commencement possible ?

– C'est souligné.

C'est une autre fois. Comme dans une autre vie. Avec lui. Il y avait des ruelles. Un banc. Une fontaine. Le bruit de l'eau. Les roues d'une calèche sur les pavés d'une rue, le bruit des sabots des chevaux. Contre ma joue, le col de son imperméable et ce baiser. Ce baiser qui dure. Ce baiser qui revient…

C'est affreux. Je n'arrive pas à sortir de cette image-là… Aucun baiser n'a pu remplacer ce baiser. C'est sans doute pour cette raison que j'ai préféré perdre la mémoire…

– En travers de la page gauche, presque indéchiffrable, le mot – coquelicot – se détache dans ce qui semble être un embryon de poème :

Avec ma voiture,
Sur une route
bordée de coquelicots,
j'ai roulé en fermant les yeux
Je crois que j'ai voulu me tuer.

– Il y a une date :
C'est presque hier.

– Je vous écoute dans la pénombre. Vous essayez de me persuader que je suis l'auteur de ces notes. Je ne m'en souviens pas. Juste un peu quand vous lisez parce que je revois les images. Parce que j'aime votre voix.

J'ai horreur de mettre de l'ordre dans mes pensées. Il va pourtant bien falloir commencer. La tâche me paraît insurmontable. Je me demande si ces pertes de mémoire ne seraient pas un stratagème pour que j'oublie que je suis l'auteur de ces lignes. Dans le champ de coquelicots, d'accord, c'était moi. Mais à cette table de travail… Comme une chienne attachée… Je pense à une amie qui répète huit heures par jour son violon. Je pense à ceux qui travaillent dans l'ombre. Je pense à ceux qui m'ont précédée. J'ai besoin de croire que j'ai trouvé les carnets. Autrement c'est trop dur. J'imagine qu'on les met à ma disposition. À dire vrai, je suis prête à tout faire entrer dans le livre. Le moindre courant d'air, la vache folle, une recette de cuisine, la voix d'un ami au téléphone, le printemps par la fenêtre, les prospectus. Et bien sûr les coquelicots. Toutes ces pages de carnet sont la plupart du temps griffonnées au sortir de la douche, dans la cuisine, au volant de ma voiture. Je risque encore de parler d'amour et d'absence. Je suis donc incurable.

Je croyais que je n'oserais plus aujourd'hui. Et pourtant l'absence éclate partout. Mais ne serait-ce pas plutôt comme un glissement vers l'oubli ? Je préfère perdre la mémoire et me laisser emporter par la poigne de braise de quelques fantômes disparus.

Je pense aussi à cette phrase de Ernst Jünger dans *L'auteur et l'écriture :*

L'auteur ne peut chasser qu'en espace libre, il doit en accepter les dangers. Il est impossible qu'il se sente à son aise dans quelque réserve naturelle fût-il même l'un des animaux qu'il est interdit de tirer.

– On dira que vous écrivez toujours le même livre…

– Laisser dire. Écrire.

Je ne peux pas croire que j'ai quatre-vingt-dix-sept ans… Si c'était le cas, je devrais enfin comprendre pourquoi j'ai passé le plus clair de mon temps à écrire. On devrait comprendre ce genre de choses à cet âge. Mais moi, aujourd'hui, je ne suis pas plus avancée. Je n'en ai pas appris davantage. Je ne sais rien. Je n'écris plus. Immobile derrière la fenêtre, j'attends une visite. J'attends comme lorsque j'étais amoureuse à vingt ans. À trente ans. D'ailleurs, je suis amoureuse. Je n'ai jamais cessé de l'être. Donc, je n'ai jamais cessé de me taire. Donc, je n'ai jamais cessé d'écrire. Même lorsque je dis que je n'écris plus.

C'est l'hiver par la fenêtre. Je crois que je ressemble à cet oiseau que je vois chaque matin. Il fait toujours le même trajet, se perche toujours au sommet du même arbre nu, attendant et scrutant l'horizon sans fin. C'est une buse. Je suis une buse. Le jardinier de l'asile a raison. Je suis une buse de l'amour, puisque par la fenêtre, je guette. Je guette. J'attends un jeune homme qui a promis de me rendre visite chaque jour.

Gageons qu'un peu avant ma mort, j'aurais eu sans doute, moi aussi, un « livre d'entretiens » avec ce jeune homme dont j'imagine qu'il n'est peut-être pas encore né. Il viendrait à l'asile pour une série de conversations. « Pas plus d'une heure à chaque fois. C'est le règlement. Et puis, les autres pensionnaires pourraient en prendre ombrage », l'aurait-on prévenu.

À ce jeune homme, comme toutes les vieilles et vieux qui cherchent à surprendre les générations précédentes, je raconterai qu'il y a un peu plus de quarante ans, j'ai vu, de mes propres yeux, oui, j'ai vu la comète de Hyakutake, celle qui frôla la terre à environ quinze millions de kilomètres. Je l'ai vue à l'œil nu. C'était dans la nuit du 23 mars 1996. Toute la semaine qui a suivi, on pouvait l'observer encore. Je m'étais assise sur une pierre et j'avais pleuré en découvrant dans le ciel ce halo lumineux formé d'une traîne de particules de glace et de poussières. Cinq cent mille kilomètres pour le seul diamètre de sa chevelure et une queue estimée à dix millions de kilomètres. Un peu partout dans les journaux on lisait que les comètes étaient des reliquats de la naissance de notre système solaire qui s'était formé voilà quatre milliards et demi d'années. On supposait que cette comète qui venait de frôler la terre avait déjà fait un passage il y a dix ou vingt mille ans. On ne savait pas exactement. Elle repasserait peut-être dans dix ou vingt mille ans.

– Mais pourquoi avez-vous pleuré en la regardant ? ne manquera-t-il pas de demander.

J'avais pleuré à cause d'une sorte d'écrasement, d'épuisement devant tous ces chiffres annoncés. Je n'entendais rien aux chiffres. Mais d'avoir longuement regardé le ciel qui fut si clair cette nuit-là et les autres qui suivirent, en me disant que la comète de Hyakutake poursuivait sa route vers la périphérie du système solaire à sept mille cinq cents milliards de kilomètres de notre terre et que, si elle revenait, ce ne serait pas avant dix ou vingt mille ans, cette pensée-là, oui, m'avait accablée. Qui regarderait le ciel dans plus de dix mille ans ? Et comment ? Je pleurais, je ne savais plus sur quoi exactement. Sans doute, je pleurais sur moi. Sur les êtres disparus et ceux qui allaient disparaître. Je pleurais sur l'amour qui s'achève toujours et sur ce livre que j'étais en train d'écrire, que vous tenez entre vos mains et qui soudain m'a semblé n'être rien, vraiment rien, pas même la dernière poussière de la chevelure de cette vagabonde qui s'éloignait dans la nuit des temps. Mais surtout je pleurais sur cet amour qui s'éloignait à la vitesse de cette comète poursuivant sa course folle pour s'en aller tourner indéfiniment au fin fond du système solaire dans une sphère glacée. À sept mille cinq cents milliards de kilomètres. Partie pour vingt mille ans de glace. C'était trop loin. C'était trop long. Et je me mis à sangloter sans plus pouvoir m'arrêter à cause des vingt mille ans de glace. À cause du mystère. À cause de ce halo que j'aurais vu de mes propres yeux, interprété à ma manière, sans rien y comprendre. Sauf qu'elle ne repasserait pas avant dix ou vingt mille ans, emportant je ne sais quoi de ce moment de l'humanité et beaucoup de mes pensées et de ma détresse cette nuit-là. Vingt mille ans de glace… La fin d'un amour c'est pareil.

Obligée de m'interrompre. La garde-chiourme fait irruption avec une biscotte, une infusette de tilleul et un pot d'eau chaude. Il paraît que c'est mon « quatre-heures ». Il est un peu plus de midi. Comme d'habitude la fenêtre est grande ouverte. Je guette le bruit de vos pas. Et puis, j'aime le vent dans les rideaux. Elle la referme dans un grand fracas et tire les volets, me confisquant d'un seul coup et le vent et les arbres, le chant des oiseaux, le bonheur de reconnaître le bruit de vos pas sur le gravier.

Elle ouvre grand sa main devant mes yeux :

– Combien de doigts ?

Pour avoir la paix, je réponds :

– Cinq.

Elle cache son pouce et agite de nouveau sa main :

– Et maintenant ?

– Quatre.

Elle est sortie.

Je vais rouvrir la fenêtre.

Vers deux heures du matin, au cours d'une insomnie, j'ai entendu passer un train en lisière de la forêt. J'ai pensé aux convois de Bergen-Belsen, de Treblinka. J'ai pensé que tous les trains un jour ou l'autre roulent vers ces destinations-là, qu'ils n'ont jamais cessé de rouler vers cette fin. Rien, jamais, ne les arrêtera.

Jours de grève, de bruits, de peine, de fureur. Si on écoute cette rumeur, l'écriture n'a de place nulle part. Ce n'est pas le moment. Ce n'est jamais le moment. Les cris du monde retentissent jusque dans la chambre de l'asile. Comment continuer d'écrire lorsqu'on découvre partout des charniers ?

Hier, par désœuvrement, j'ai regardé à la télévision quelque chose que je n'aurais pas dû. Depuis, j'ai toujours les cris de la victime dans les oreilles. Cris de supplication pour que le berger allemand qui est en train de le dévorer sur ordre d'un policier le tenant au bout d'une laisse s'arrête. On nous montre comment on nettoie Miami de la crapule, la nuit. L'homme noir sur lequel le chien s'acharne avait commis le délit de dormir dans un entrepôt de cartons où il était entré par effraction. Pas le temps de se réveiller. Il a été attaqué dans son sommeil. Une torche dans les yeux. Ordre est donné au chien de commencer la curée. On entend les grognements de la bête. Tout se passe en un éclair, les cris sont affreux. L'homme supplie qu'on arrête. Je ne sais pas ce qu'il a fait. Je crois qu'il est coupable seulement de dormir là, où il ne faut pas. Il crie, il hurle de douleur, il sanglote et c'est une voix d'enfant que j'entends. La bête lui arrache la moitié du dos, s'attaque au visage. Le sang coule partout. L'homme hurle, râle :

– Il va me tuer ! Il est en train de me tuer ! Je vous en supplie, arrêtez-le !

Le policier, gras comme un sumo, encourage son chien à continuer. En même temps il flanque au Nègre des coups de pied et des coups de matraque. L'homme sanglote :

– Je ne vois plus ! Je suis aveugle ! Je suis aveugle !

Après je ne sais plus. Bien qu'il soit en lambeaux, je crois qu'on le traîne dehors par les pieds. Les morsures béantes frottent sur le béton. Le policier flatte son chien. Un service sanitaire attend. On dénombre une quarantaine de plaies. On le soigne directement par terre. On pique. On suture. J'ai l'impression qu'il s'est évanoui. On le laisse. Les policiers ont à faire ailleurs. Ils disent à la caméra en mâchant leur chewing-gum que c'est comme ça toutes les nuits à Miami. Ouais, c'est comme ça.

Plusieurs fois par nuit. Vingt, trente fois. J'ai un goût de sang dans la bouche. Je pense au ventre des femmes qui les ont mis au monde eux tous, le Nègre, le policier. Je pense à la seconde de leur naissance et même à celle du chien quand il tétait sa mère. Je pense aux enfants qui ont regardé l'émission. Le présentateur avait pourtant prévenu : Des images pouvant choquer, âmes sensibles s'abstenir.

Je zappe, comme on dit aujourd'hui. Je zappe furieusement comme pour voguer ailleurs. Sur une autre chaîne apparaît une jeune fille minuscule et rousse. Dix-sept ans peut-être. Un poids d'oiseau. Des taches de son partout sur le visage. Un regard vert comme le cresson des fontaines. Elle se tient assise, ses cuisses maigres et serrées sur lesquelles elle tire sa jupe écossaise plissée. Petit tanagra de la zone. Elle est là, dans cette émission parce qu'elle a tué son père et qu'elle a été acquittée.

Une voix off lui demande ce qu'elle ressent.

Dans un souffle, elle répond :

– Le cœur me pique…

Elle est là pour expliquer pourquoi elle a commis ce parricide.

Un père. Une mère. Des sœurs. Un pavillon pauvre dans une région du Nord. Le père au chômage est sympathisant d'un groupe nazi. Dans le sous-sol il y a des affiches, des insignes, de la musique, des livres, des cassettes, des armes, revolvers, coups-de-poings américains, nerfs de bœuf. Le père sort souvent et rentre tard dans la nuit, ivre mort. Il monte dans les chambres, allume les lumières, vérifie que toutes les filles sont bien là. Parfois, il en fait descendre une au sous-sol, ou bien c'est la mère. Il estime qu'à tour de rôle elles ont besoin d'une correction. Une nuit, la petite rousse, n'est pas dans sa chambre. Elle est sortie avec un garçon. Toute la nuit, il l'attend. Quand elle rentre, il l'entraîne dans la cave. Il casse le goulot d'une bouteille et le lui enfonce dans le vagin. Il l'attache par les bras à une poulie et tire à la carabine vers le sol. Pour éviter les plombs, elle est contrainte de sauter comme un lapin affolé. Tandis qu'il vide des canettes de bière en écoutant des chants nazis, elle perd son sang. Il dit qu'il en sera ainsi chaque fois qu'une femelle de la maison sortira avec un garçon.

La petite rousse sait que la mère terrorisée ne fera rien. Ne dira rien. Pour empêcher qu'il touche à ses sœurs, à sa mère, qu'il recommence avec elle, elle l'attend une nuit. Comme d'habitude, il rentre ivre. Elle le frappe à la nuque avec une barre de fer. Il tombe. Elle lui tire une balle en plein cœur. Elle sera acquittée. Et maintenant, on lui demande à la télévision à cette petite Antigone rousse, ce qu'elle ressent. En se tordant les mains, elle ne cesse de répéter :

– Le cœur me pique... Le cœur me pique.

Sur une autre chaîne, *Don Juan* de Mozart. L'image n'est pas décodée. Des sous-titres apparaissent comme dans un brouillard. Ils sautillent, pratiquement illisibles avec les noms de Elvira, Leporello, Giovanni :

... Madame... en vérité... dans ce monde... quoi qu'il en soit... le carré n'est pas rond... Le scélérat m'a trompée, m'a trahie... Vous n'êtes ni la première, ni la dernière... Regardez ce livre qui n'est pas petit... tout plein du nom de ses belles... Et vous avez le cœur de les tromper toutes ?... Qui a une seule est fidèle, est cruel envers les autres... Les femmes ensuite, qui ne savent pas réfléchir, appellent mon bon naturel tromperie... Ah ! Ne te moque pas de mes tourments !... Me moquer ?... Que veux-tu ?... Que tu changes de vie... Bravo !... Cœur perfide !... Laisse-moi manger... Et si cela te plaît, mange avec moi...

Mais revenons à ce jeune homme. Il arriverait avec la fraîcheur de ses vingt-cinq ans. Ayant eu accès à des malles et des cantines de manuscrits, il aurait fait un travail considérable, retrouvé plusieurs versions du même texte, découvert des inédits, accompli un tri prodigieux dans les notes, les carnets épars. Le vieil auteur aurait souri et dit que tout ce fatras ce serait bon pour plus tard. Il y a des textes qui ne prennent un sens qu'après la mort de leur auteur. Et puis, les vivants aiment le carnage, les discours encenseurs dans les cimetières, les faire-part, les banderoles sur les couronnes mortuaires remplies d'inscriptions où se mêlent leurs « vifs regrets » à leurs « profonds chagrins ». Il eût mieux valu s'intéresser à l'auteur de son vivant. Quand ce sera mon tour, ni couronnes, ni inscriptions. Sauf des dessins d'enfants, des petits mots, des lettres pour accompagner mon voyage. Si la saison le permet, quelques fleurs cueillies sur le bord des chemins. Si c'est l'hiver, un peu de gui, de bruyère ou de houx vert comme dans la poésie de Victor Hugo.

Toute la matinée j'ai guetté par la fenêtre la silhouette du jeune homme. J'ai toujours aimé avoir rendez-vous. Dans la pièce, j'ai vaporisé un peu d'essence de violette. Il me baise la main. Ce baiser m'en rappelle d'autres. On dirait que l'amour n'en finit pas. À lui, je peux raconter beaucoup.

Sans crainte de me répéter, je lui dis que je me souviens de tout. Et de rien. De petits riens. Comme on dirait de petits restes. Je n'aime pas cette expression : petits restes. Ni même beaux restes. C'est le mot – restes – que je n'aime pas. Accommoder les restes. S'accommoder des restes. À quatre-vingt-dix-sept ans, on n'aime pas penser aux restes. À ce qui reste devant soi. On n'est toujours pas sortie de la diapositive, celle de l'année de ses trente ans. Ô la belle année. On y est tombée vive. On ne peut se défaire d'un amour fou. Comme pour la comète, il suffit d'aligner des chiffres pour avoir le vertige. Mais je n'ai plus l'âge pour qu'ils me serrent le cœur. Trente ôtés de quatre-vingt-dix-sept ? Ça fait combien ? Passez-moi la calculatrice. Soixante-sept. Soixante-sept ans pour me souvenir de quelques mois d'amour fou. En multipliant ce chiffre par les jours d'une année, je trouve vingt-quatre mille quatre cent cinquante-cinq jours environ. Il m'aura fallu tout ce temps pour n'avoir toujours pas fait le deuil de cet amour. C'est ce que je peux vous dire à quatre-vingt-dix-sept ans sur ce banc d'asile. C'est plus facile de l'avouer à cet âge. Plus facile qu'à trente. Le pied dans la tombe, ça pose quelqu'un, si j'ose dire. Vous par exemple, vous n'auriez pas eu l'idée de ce livre d'entretiens quand j'avais trente ans. Mais c'est vrai, vous étiez bien loin d'être né. Alors disons, quand j'en avais cinquante ou soixante. Vous n'étiez pas né non plus… Et puis, ce n'est pas un âge où les femmes disent la vérité, cinquante ans. Trop jeune. Beaucoup trop jeune encore. Trop coquette. On n'ose pas encore. Manque d'insolence. Pas assez de recul. Crainte de déplaire. À cinquante ans, j'aurais aimé qu'un jeune homme, me proposât un livre d'entretiens. Nous aurions parlé du temps, de l'amour, des enfants, des arbres, de l'écriture, de la guerre, de l'absence. De la vieillesse qui vient. On serait partis bras dessus, bras dessous pour de longues promenades. Parfois sous un parapluie. On se serait arrêtés sur des ponts ou sous des ponts. L'hiver, on aurait mangé des douzaines et des douzaines d'huîtres, l'été, on aurait avalé n'importe quoi dans des auberges louches, moitié ouvertes, moitié fermées. On aurait ri du vin rosé servi tiède, de la toile cirée douteuse, des mouches qui tournent, de l'œil glauque de l'aubergiste, de la mauvaise humeur de sa femme, des titres obscènes de la presse à scandale. On aurait ri d'un rien. Vous m'auriez pris la main au cours d'un déjeuner ou d'une promenade ou pendant un concert. Ça se fait beaucoup au concert. Je vous l'aurais laissée… Parce que j'aurais voulu retrouver le velours rouge de la calèche. Le souvenir du baiser assassin. Avant de mourir, j'aurais voulu recommencer. Dans la calèche qui va *Allegro Vivo*, le désir comme une meute nous mord les reins. Mes seins sont vite nus dans vos paumes. Ma bouche vous rend plus dur. Le cocher va trop vite. Va trop fort. Même les chevaux semblent ivres et s'emballent dans le creux d'ornières folles. Je me plante sur toi. Par la lucarne arrière, je vois le chemin forestier qui défile. La mort et sa faux ne sont plus qu'un point au loin. On a semé la mort. Non. Vraiment, je vous assure, cinquante ans, c'est trop jeune pour un livre de souvenirs. C'est beaucoup trop tôt. On a encore trop de sève à cet âge-là. J'aurais été fichue de tomber amoureuse de vous – ô la belle expression : tomber amoureuse – et j'aurais attendu sans plus rien faire entre chaque rendez-vous, sinon de vous guetter à la fenêtre. Non, c'est mieux qu'on se soit rencontré alors que j'ai quatre-vingt-dix-sept ans. Je ne dis pas que vous ne risquez rien… Il faut toujours se méfier d'une vieille dame qui ne dort que d'un œil et que seule l'idée de l'amour maintient en vie. Mais tout de même, c'est mieux que vous me soyez apparu alors que j'ai un pied dans la tombe. Il ne peut plus rien m'arriver maintenant que d'y mettre l'autre. Vous surgissez juste à la lisière du livre posthume. Ce n'est pas trop tard. Et pour le coup vous ne venez pas pour une dizaine d'ouvrages seulement. Il doit y en avoir une quarantaine. Je ne sais plus. On peut dire que vous êtes là pour ce qu'on nomme pompeusement au cours des cérémonies funéraires : « l'ensemble de son œuvre ». Avec l'accent bourguignon, œuvre prend une coloration terrible. Eueûuvrrre… Ainsi prononcé, ce mot n'en finit pas de résonner comme sous les voûtes d'une abbaye cistercienne. Il réveillerait une morte qui s'étoufferait de rire, rien qu'en l'entendant. Donc, jeune homme, vous aurez l'âge de mon arrière-petit-fils et vous viendrez pour « recueillir des propos » ou pour « l'ensemble de mon eueûuvrre », expressions habituellement consacrées à ceux qui ont un pied dans la tombe. De préférence les deux. Mais pas la tête ! Pas la tête ! Alou-ette ! Alou-ette ! Ah !... Ah !... Ah !... Vous voyez je chante encore. Mais j'ai des trous de mémoire. Des sacrés trous. Je peux me souvenir des paroles d'une chanson, de l'éclairage d'une pièce, de la lumière sur un visage et plus du tout des noms, des lieux, des dates. Imaginez. Un siècle. Presque un siècle de rires, d'enfants, d'amour, de deuils, de renoncements, de chagrins clandestins... Heureusement, il y a eu les livres à écrire. C'est bien que vous soyez venu. Ça me donne des forces. Ça me rend gaie. Je me prépare déjà pour notre prochain rendez-vous. J'ai toujours aimé avoir rendez-vous. J'aime le temps qui passe ou ne passe pas, celui qui piaffe entre deux rendez-vous. Je suis incorrigible. J'aime toujours autant guetter par la fenêtre.

C'est à quelle heure demain ?

Dans le couloir de l'asile, on entend hurler. On entend des portes qui s'ouvrent et qui claquent. Une voix éraillée, vocifère :

– J'ai le patch, les filles ! Ça y est ! J'ai le patch !

– C'est qui ? C'est quoi ? s'inquiète le jeune homme assis auprès de l'écrivain.

– C'est Lili la Rouge… Elle fait ça de temps en temps… Entrer dans toutes les chambres… Il lui arrive d'ouvrir les portes les unes après les autres et de crier ce qu'elle a sur le cœur.

Lili la Rouge, ainsi nommée car, lors de ses crises, elle exhibe la maigreur et l'expression fiévreuse des femmes peintes par Egon Schiele dans un bustier rouge et pailleté de danseuse de cabaret, ajusté sur une jupe de tulle de la même couleur. Aux pieds des mules rouges, rehaussées de pompons en duvet de cygne. Elle porte des bas résille tenus par des jarretières rouges et noires. Sa bouche est d'un rouge violent, ses yeux passés au khôl, ses cheveux longs d'un blanc-blond vaporeux lui donnent quand on la voit de dos l'allure d'une jeune fille. Elle tient toujours à la main un petit bandonéon, et ponctue chacune de ses injures par un accord vigoureux. À soixante-dix ans, elle ressemble à Madeleine Sologne dans *L'Éternel Retour*. Une Madeleine Sologne dont la peau du visage aurait brûlé, cramé après cinquante ans d'abus de soleil et d'alcool. Elle arpente le couloir de l'asile en gueulant :

– Debout, les vieilles ! Et elle joue trois mesures de *Mon Homme*. À chaque fois qu'elle ouvre une porte, elle retrousse sa jupe sur le haut de ses bas et montre une fesse décharnée sur laquelle est collé une sorte de sparadrap, gros comme un timbre. À chaque porte qu'elle ouvre, elle dit avec la voix d'Arletty dans le film *Hôtel du Nord* :

– J'ai le patch, les filles ! J'ai le patch ! J'ai les hormones de jeunesse ! Vous devriez bien en faire autant ! Bande de mijaurées ! Fini l'ostéoporose ! Au rancart les maladies cardio-vasculaires ! Avec ça collé aux fesses, à moi l'amour ! Vous ne pouvez pas comprendre, bande de frigides ! Mal baisées ! Vous ne pouvez pas savoir ce que c'est que d'en avoir un dans la peau ! Dommage que le patch ne soit pas en couleur. Ou avec un dessin. Ou un petit mot : « Baise-moi ! Baise m'encore ! Rebaise-moi et baise ! » Bien sûr, vous ne connaissez pas Louise Labbé, la grande poétesse amoureuse. Vous ne connaissez rien. Pourtant ce serait plus beau d'avoir ça d'écrit sur le patch, surtout quand on est tournée en levrette. Mais vous n'avez jamais su ce que c'était que d'en avoir un dans la peau ! Et elle commence à chanter avec la voix de Piaf en s'accompagnant de son bandonéon :

– *Je-l'ai-telle-ment-dans-la-peau !*

Les pensionnaires accourent en robe de chambre et l'entourent :

– Ma pauvre Lili, ne fais pas tant de bruit ! Il reviendra ton amoureux, va ! Et puis, un de perdu, dix de retrouvés ! De toute façon, c'est trop tard pour le patch ! D'ailleurs, c'est trop tard pour tout. Le patch, il y a vingt ans qu'il fallait commencer à le mettre ! Juste après ta ménopause… Et il y a vingt ans, ça n'existait pas ! Tu n'as pas à avoir de regrets ! Tricote ! Inscris-toi à la gymnastique aquatique ! Peins des abat-jour ! Écris tes mémoires ! Compose des bouquets pour la chapelle du curé. Tourne-toi vers les œuvres sociales, les valeurs spirituelles !

Lili la Rouge se dégage et se plante derrière la seule porte restée fermé. Elle l'ouvre brusquement.

– Regardez-la ! L'écrivain, la mijaurée, la Femme de Lettres, comme ils disent, celle qui cause jamais, si elle croit qu'on le voit pas, son manège avec le gigolo qui vient chaque jour lui tenir le crachoir. Soi-disant, pour recueillir les propos de Madame ! Madame fait dans le grand amour ! À d'autres ! Elle nous fait gerber avec ses mémoires ! Moi j'en aurais à raconter des choses à son protégé ! Et je suis quand même un peu plus jeune et plus sexy ! Pas vrai, jeune homme ? Des vertes et des pas mûres, j'en ai vu ! Quarante ans de tapin, dont vingt de maison très sélecte ! De la haute voltige ! Comme au cirque. J'étais la meilleure ! C'est toujours moi qu'on demandait pour les spécialités ! Les hommes ? Pas un pour racheter l'autre ! Et je sais de quoi je parle ! Le légionnaire qui « sent le sable chaud » et qui vous file sa chaude-pisse, le père de famille qui veut plaquer sa femme et ses mioches pour vous offrir la belle vie, l'officier de marine qui ne revient pas des mers du Sud et qui vous laisse avec une chiée de moutards, l'artiste peintre qui vous fait poser à poil dans sa cambuse glacée et qui pour tout salaire vous balance l'arrête du hareng qu'il vient de peindre, le puissant chef d'entreprise qui ne peut jouir que si on lui colle une bonne fessée, qu'on lui met une couche-culotte et qu'on lui donne un biberon, l'ouvrier charpentier qui ne peut tringler que s'il vous attache à sa charpente, juste avant que le couvreur y mette les tuiles !... Ah ! j'en ai connu, des tordus ! Tous des fumiers ! Le fumeur de pipe qui vous la met où je pense et qui chiale en écoutant l'*Adagio* d'Albinoni tout en vous regardant et en se la secouant ! Et je vous en passe ! Un vrai catalogue ! Spécialiste que j'étais ! Tu ne peux pas comprendre ça toi, la mijaurée, l'ex-Femme de Lettres, l'amoureuse transie ! Et tenez, à propos de salauds, je vais vous lire la plus belle lettre d'amour que je viens de découper dans un journal fort convenable et modéré : Einstein, qu'il s'appelait le génie qui a pondu ça à sa femme Mileva qui n'y était pas pour rien dans ce qui s'intitule : la première version de la Relativité Restreinte. C'est comme ça, que c'est écrit dans le journal. Pas pour rien qu'elle y était la Mileva. Elle a cherché et trouvé autant que lui, tout en s'occupant de la bouffe et de la marmaille. N'empêche qu'elle a dû la boucler et que leur découverte commune, c'est lui qui se l'est attribuée. Même si plus tard, il lui a filé le fric du Nobel, c'est quand même pas normal cette histoire.

Dans une grande envolée de tulle rouge et le claquement de ses mules dans le couloir, Lili retourne dans sa chambre et revient en brandissant la coupure de journal :

– À quoi ça se résume un génie qui en arrive à écrire des saloperies comme ça ? Je vais vous le dire, moi ! À un slip douteux et des chaussettes sales !

Et elle commence à lire en plaquant entre chaque phrase des accords furieux sur son bandonéon :

« *A. Tu feras en sorte :*

1. Que mes vêtements et sous-vêtements soient en ordre.

2. Que l'on me serve régulièrement trois repas par jour dans ma chambre.

3. Que ma chambre et mon bureau soient toujours rangés et que personne d'autre que moi ne touche à ma table de travail.

B. Tu renonceras à toute relation personnelle avec moi, excepté lorsque ce sera requis pour sauvegarder les apparences sociales. En particulier tu ne me demanderas pas :

1. Que je m'assoie à tes côtés à la maison.

2. Que je sorte ou voyage avec toi.

C. Tu promettras explicitement d'observer les points suivants dans tout contact avec moi :

1. Tu n'espéreras aucune affection de ma part et ne m'en feras pas le reproche.

2. Tu me répondras immédiatement lorsque je te parlerai.

3. Tu sortiras immédiatement et sans protester de ma chambre ou de mon bureau lorsque je te le demanderai.

4. Tu me promettras de ne pas me dénigrer, ni en paroles, ni en gestes, auprès des enfants.

Alertée par les pensionnaires, la garde-chiourme arrive flanquée de deux malabars qui ont tôt fait de ceinturer Lili la Rouge qui ne résiste pas. On lui confisque son bandonéon. Elle jette à la cantonade :

– J'en ai rien à foutre de vos calmants ! Tant que je serai vivante, je ne serai jamais calme ! Je dirai ce que j'ai à dire ! La sérénité, c'est pour les salauds ! Vos petits maris, vos frères, vos amants, ils me sont tous passés dessus ! Salut les vieilles peaux, dormez sur vos deux oreilles, vous avez rien compris ! Des momies, vous êtes ! Déjà clamecées !

Un soir, sans raison, elle quitta la maison. Pendant des heures, elle marcha droit devant elle, dans le noir, le froid, la pluie.

Non, décidément, il n'était pas prévu que ces phrases entrent dans le livre. C'est vrai, que je m'étais installée dans une absence légère, les prémices d'une perte de mémoire. Une divagation. Je m'éloignais du présent aussi vite que la comète de Hyakutake pour rejoindre quelque chose qui m'échappait sans cesse comme les feux follets aux abords des cimetières. C'est peut-être ce qu'on appelle les souvenirs.

Le livre commençait par presque rien. Une fatigue au bord de la fenêtre. Une lumière pauvre sur ses mains qu'on a croisées une fin d'après-midi dans l'attente de quelqu'un. Les grappes de lilas se rouillent. Les voitures passent. La pensée se dévide.

Dans sa rêverie, on cherche à retenir un visage, un baiser sur l'embarcadère d'un grand lac du nord de l'Italie sous une pluie fine. On veut retrouver l'odeur de l'imperméable de cet homme qu'on a aimé. Accoudée sur le rebord de la fenêtre de l'asile, on reçoit juste un courant d'air qui porte un parfum qu'on croyait disparu. Sans en connaître la raison, on sourit en pensant au retour des cigognes. Les cigognes devenues sédentaires ne partent plus. Elles n'ont donc pas à revenir. Mais tout de même on pense au retour des cigognes. On pense à tous les retours possibles. On imagine de larges ailes battantes, planantes, tournoyantes, époustouflantes, montant en neige des nuages et des nuages. À force de renverser la tête pour scruter le ciel, les yeux vous piquent, on devient soûle de lumière, on s'accroche aux ailes de son enfance et on rit. On rit de cette farce immense. On rit toute seule dans la chambre d'un asile.

Pour me souvenir, ça dépendrait des jours, des lumières, des visites. Oui, ça dépendrait des jours… Grâce à votre présence, votre bras sous le mien, je revois ma vie comme dans un rêve que j'aurais fait, il y a très longtemps. Je revois des ruelles. Une place presque cachée. Des arbres. Un banc. Une fontaine. La fontaine, j'en suis certaine, j'y ai bu. Je suis sûre aussi de m'être accoudée au balcon de l'auberge qui surplombait la forêt. Je revois la chambre aux volets de bois brut avec un cœur découpé sur la lumière.

C'est une autre fois. La pluie sur le lac Majeur. Le bruit de la pluie sur le plancher de l'embarcadère. Ma joue écrasée contre son imperméable mouillé. C'est terrible de penser que je n'ai peut-être aimé que lui. Ne pas l'avouer serait mentir. Je n'ai plus l'âge de mentir. Ce n'est pas une question d'honneur. Ni de vérité. Plutôt de grâce. La grâce de le reconnaître et de m'en souvenir. Dans l'air, une légère odeur de mazout, le cri des mouettes. On attend un bateau sur le plancher rouge de l'embarcadère. On attend de partir sur une île. Peut-être celle des princes Borromée. Il me tient serrée. J'ai chaud et froid. C'est doux et fort comme un irish-coffee. Rien n'est désolant sous le ciel gris. Je ne suis jamais sortie de cette image. Je ne l'ai jamais dit. À vous je le dis. Je vous dis l'essentiel.

Une autre fois encore. Mais quand ? Mais où ? Par la fenêtre d'un hôtel, la houle soulevait un océan d'un gris à rendre fou. Ce dos qui respirait, me cachant parfois la mer, était-ce le sien ? Où ? Mais où ? Quand ? Et son regard, sa peau, sa voix ? Pour tenter de l'oublier, tuer l'absence, vivre quand même, apprendre à vivre, j'ai eu des amants. Cette houle, cette fenêtre, l'odeur de son imperméable, j'ai préféré tout oublier. Jusqu'à son nom, je ne sais plus. Et puis, il me rattrape. Et c'est comme une musique qu'on croit reconnaître, un parfum qui passe, une bouffée de lilas au coin d'une rue, des pas derrière soi sur le trottoir dans un quartier où l'on avait souvent rendez-vous. Il m'appelle. Il chuchote à mon oreille. J'ai des hallucinations de toutes sortes. Je crois l'apercevoir au détour d'une rue. On avait si peu de temps. Parfois, je n'entends plus rien, je ne vois plus rien, je ne sens plus rien. Tout se tait. Tout s'émiette, devient léger, poreux comme cette biscotte que se disputent les moineaux sous les tilleuls. C'est un beau jour pour s'asseoir sur un banc et regarder la vie qui passe. Les tilleuls en fleurs sont un miracle, ne trouvez-vous pas ? Il fait si bon cet après-midi.

Je suis bien avec vous…

Quand j'imagine ce temps où je serai vieille, quatre-vingt-dix-sept ans ou plus, je me demande si j'aurais toujours envie d'écrire de ces choses sur l'amour dont ma mémoire est incendiée.

– Vous en aurez toujours envie…

– Rien que d'y penser, je me sens amoureuse même de l'air que je respire. De la page que je noircis. De tout. De rien.

Un texte sur le sentiment amoureux…

Ni roman ni nouvelle.

Une sorte de conte.

Un voyage en calèche aux portières scellées par des initiales de feu.

Une promenade en traîneau sur une neige brûlante.

Ô l'enchantement des réverbères !

Sous les couvertures, je défais ta ceinture.

Dans ma bouche la dureté de ta chair. Revenant à moi, éclaboussée de sperme comme Léda sous le ventre du cygne, je fixai très haut dans le ciel, le vol de grands oiseaux migrants.

Je ne savais pas, non je ne savais pas qu'ils préfigureraient ton absence.

– Hier, vous m'avez dit : « J'ai écrit quelque chose sur Venise qui trouvera peut-être sa place dans ce livre… » Vous avez ajouté : « Enfin, ce n'est pas Venise… Plutôt l'absence de Venise… Venise sans l'amour… Venise sans Venise… »

– Oui, une sorte de divagation. Je ne sais pas si c'était hier ou si j'étais en visite dans une de ces images où il est dangereux que je retourne car je ne peux en sortir qu'en écrivant ce que j'y trouve… Ou alors j'en reste prisonnière… Venise me ramène à l'amour. Une idée de l'amour. Ne pas oublier Venise. Son odeur de vase et d'ambre. D'œillet funèbre. Ne pas oublier. Le noter.

Accepter qu'il prenne en dictée ce que je dis, c'est quelque chose que je n'ai jamais fait. Du coin de l'œil, je l'observerais en train d'écrire assis au pied de mon lit, son profil dans le contre-jour de la fenêtre. Je commence :
– Venise, c'est toujours avant… C'est toujours après.

Tout bouillonnant, il se lève, marche dans la chambre et clame :

– Continuez ! Je vous assure, on peut encore écrire un livre !

Au passage, j'aurais noté le pronom indéfini – on – Glissement. Adorable glissement vers l'appropriation. Je souris à l'idée de cette autre dépossession. Lui laisser croire qu'il y sera pour beaucoup dans la rédaction de ce livre… Dernier amour… Dernier livre… Dernier mensonge… Pieu mensonge…

… Venise c'est toujours avant… C'est toujours après…

Oui, je me souviens. Des mots sont venus sur Venise. Venise la presque morte est partout quand manque l'amour. Le jour où ce texte s'est écrit, je roulais le long d'un champ de coquelicots qui bougeait sous le vent comme une immense soie rouge se soulevant, respirant à perte de vue. Une fureur rouge si douce, indolente sous la brise. En regardant les coquelicots, le vide, le manque furent si violents que j'ai voulu rejoindre quelque chose. J'ai été transportée dans un de ces instants de jeunesse où tout sent la cuisson du pain, l'herbe juste fauchée, tout au début de l'été. J'ai quinze ans peut-être. On est en juin. Je suis amoureuse. Rien, ni personne ne me manque. Je suis couchée dans les blés avec un garçon qui murmure des choses folles dans mes nattes défaites. Quand j'ouvre les yeux, je vois une coccinelle dans ses cheveux, un épi haut comme un cèdre, un coquelicot plus vaste qu'une ombrelle. J'entends le moteur d'un avion à hélices. Depuis, ce bruit est associé à cet instant de presque enfance. Au sommet d'un pylône, l'hélice d'une éolienne tourne dans le vent. Par-dessus, il y a ce bleu, tout ce bleu qui m'écrase comme une promesse inquiétante, celle d'être métamorphosée un jour en statue de pierre. Est-ce cela l'éternité ?

Soudain, ce qui ne manque *plus*, pèse le plomb.

Midi. En plein clocher. En pleines sonnailles. La folie se lit dans les yeux du bétail. Il y a comme une rumination de l'éternité. Pour étancher la soif, le ruisseau est trop bas, trop loin, plein de vipères. La lumière est coupante comme des cisailles qu'on aiguise. Dans le chant suspendu des insectes on entend un arrêt de mort. Sous le poids du garçon, sous le poids du plaisir, j'écrase les blés, j'écrase des mondes. Sous mon dos, sous mes reins, je devine carnages et festins. Le massacre d'invisibles élytres. Les piqûres mortelles. Les meurtres étouffés. La dévoration. Non loin, sur des rails usés roule un train de marchandises. Même la terre qui vibre génère une jouissance. Oh non, rien ne me manque. Rien. Jusqu'à cette impression, obsédante d'avoir déjà vécu cet instant. Échos, parfums, même éblouissement, même étreinte. Exactement. Mais quand ? Mais où ai-je *été traversée* par cette lumière, ces vibrations ? Dans quelle vie ? Pourquoi ma mémoire a-t-elle gardé cette empreinte en même temps que l'incapacité de me souvenir ? Quelque chose s'annonce comme la guillotine. Ma tête s'est détachée. Ma mémoire aussi. Elle erre toute seule.

Entre mes doigts, je froisse un de ces petits pavots sauvages. À jamais leur odeur restera dans mon souvenir. Je sais que les coquelicots me rattraperont. C'est aujourd'hui. Ils entrent dans le livre sans que je le décide vraiment et viennent me conter une fable sur le temps et la vitesse de la lumière. Je gare ma voiture sur un chemin. Je jette un œil au rétroviseur. Plus de trente ans ont passé et j'écris des folies. Au volant de ma voiture, j'écris sous la folle dictée des coquelicots. Sans rien n'y comprendre. Comme presque toujours, à l'instant de le faire, je suis déchirée entre consigner les mots ou sortir pour cueillir des brassées et des brassées de ces fleurs rouges et vivantes comme l'amour. Comme des baisers. Il y a longtemps que je n'ai pas ri. Et je ris de courir si vite vers ce grand champ rouge et mouvant. Je ris d'ôter mes vêtements et comme autrefois d'oser me rouler sur la terre de juin. Je ris de mourir à demi nue, frôlée, caressée par les ailes exténuées des papillons.

Aujourd'hui,
Moi aussi, exténuée.
Enfin me taire.
Accepter tout ce bleu qui descend.
Ce bleu qui se précipite sur moi.

– Et maintenant, que reste-t-il ?

– Vous le savez bien… Un peu d'écriture sur des Post-it… Ces petits papiers de couleurs vives sont une autre espèce de papillons…

Ce matin, un an après que j'ai écrit la première ligne de ce livre, la même circulaire arrive dans ma boîte aux lettres. La même ? Pas tout à fait. Elle s'est alourdie. On y recense beaucoup plus d'atteintes liées à l'âge. Maladie de Parkinson. Athérosclérose. Ostéoporose. Atteintes de la vue. Surdité. Dépression.

La photo de la femme illustrant la maladie d'Alzheimer n'est plus la même, non plus. Serait-elle morte ? Je l'aimais beaucoup. Je ne reconnais pas son visage de concertiste auquel je m'étais attaché. Sur la nouvelle circulaire c'est une autre femme à qui on donne pourtant le même prénom, le même âge, et sous la photo, c'est la même légende :

... Et puis, un soir, sans raison, elle quitta la maison, marcha pendant des heures dans le noir, le froid, la pluie...

Comme l'année précédente, je me retrouve avec dix-sept étiquettes autocollantes à mon nom et mon adresse. On me dit que c'est un cadeau pour me remercier.

Courage. C'est l'heure. Il faut que je continue. Il faut que je m'attelle. Il faut que je me fasse peur. J'ai déjà roulé très vite face au soleil en fermant les yeux pour rejoindre la lumière rouge des coquelicots. J'ai choisi un endroit isolé afin de ne blesser personne dans ma course. Comme on est en Bourgogne, on dira quand on m'aura trouvée « en voilà une qui s'est sacrément revorchée dans un champ de coquelicots ». À part la voiture, je n'aurai causé aucun dommage aux cultures, puisqu'un champ de coquelicots c'est souvent une terre en jachère.

Depuis, j'erre dans la chambre à écrire. Je flotte au-dessus du corps que j'ai habité. C'est trop tard pour revenir en arrière. Dans un grand claquement, la mâchoire du ciel s'est refermée sur moi. Je me cogne à des mots fous. Je crois que ce sont des météores. Je vais *Allegro Vivo* dans une calèche noire. Luisante sous la pluie. Rouge dedans. Je vois le dos du cocher. Il faut que je tente de faire un signe avant qu'il n'arrive à destination. Il faut que j'essaie de soulever une main. Main de plomb. Jamais personne, à ce point, n'aura aimé les coquelicots. Il me semble que j'en mange, qu'ils poussent dans mes narines, ma bouche, mes oreilles. Je pense à l'amour. Je voudrais qu'un amant inspiré me suce le bout des seins. Je pense à la jouissance. Lointaine planète. Avant qu'on ne me trouve, m'emporte, me branche, me débranche, il faut que je continue ce livre que j'étais en train d'écrire. Vous êtes là, au bout de mes doigts. Je sens la pression de vos doigts sur les miens. Je voudrais vous le dire. Quelque chose m'en empêche. Je n'ai plus une larme pour vous le dire. Je suis allée trop loin. Je me souviens d'une circulaire. Que faut-il faire pour éviter toutes les déchéances annoncées qui me guettent probablement ? Je vais me mettre dans la peau d'une très vieille femme. Vite avant les pertes de mémoire qui arrivent déjà. Vite avant les prémices de la maladie d'Alzheimer. Avant un accident cérébral. Vite avant qu'un camion fou ne me rentre dedans et que je n'aie pas le choix entre un champ de betteraves et un champ de coquelicots. Vite avant d'avoir les reins cassés. Le goût de rien. Trop de douleur. Trop de mélancolie. Plus de souffle. Alors comme dans les cours de récréation de mon enfance, quand on sautait à la corde en chantant : « J'a-a-ppe-e-lle-à-mon-se-cou-ours… » J'appelle à mon secours ma cigogne aux très grandes ailes. Je ne sais pas pourquoi une cigogne. Si, je sais. À cause des cadeaux. À cause de ce qu'elle apporte. Ce baluchon avec un bébé. C'est fou ce que de telles images me donnent du courage et me font rire. Rire aux larmes. Mais que reprend la cigogne ? L'écoulement des minutes heureuses, un fouillis de chaussures d'enfants au bas d'un escalier, une poignée de dragées sur une table, l'odeur folle des géraniums qu'on froisse entre ses doigts, l'odeur de l'amour dans ses cheveux. Pour survoler ce beau désastre et ce qu'il me reste de mémoire, je sens que s'étendent en moi, que se déroulent de plus en plus vastes, d'immenses contrées de neige silencieuse. Ô capitale de givre. Que la tentation est grande de refermer mes ailes et d'ouvrir le bec afin de me lester de ce baluchon d'amour qui n'a peut-être existé que dans mon imagination.

N'entrez plus !

Qu'on me laisse dormir bordée par le givre de ma folie.

Quatre-vingt-dix-sept hivers !

Quatre-vingt-dix-sept fois le givre !

Givrant. Givré.

Je suis givrée. Expression introuvable dans *Le Grand Robert*… Et pourtant, c'est ce qu'on dit derrière ma porte : la vieille est givrée… J'en ai pour bien plus de vingt mille ans… Je ne suis pas sûre de recroiser la comète de Hyakutake…

Vous verrez que plus tard, beaucoup plus tard on proposera à cet écrivain plus que nonagénaire de parcourir en fiacre les rues de la vieille ville de sa jeunesse. « Un vieux quartier qui n'aurait pas bougé… »

… C'est ce que lui aurait affirmé le sous-attaché à la Culture de la mairie après lui avoir flanqué dans les mains un bouquet de violettes sans odeur. On lui aurait demandé si elle accepterait d'inaugurer une petite place avec une fontaine et de faire un discours sur le passé. « Ce serait tellement intéressant pour nos jeunes. » Bien sûr, bien sûr. Sous sa voilette, elle répondrait bien sûr. On lui aurait dit : ça s'appellera place de la Fontaine-Déplacée. Il n'y coulera plus d'eau. On a déplacé la fontaine parce qu'elle se trouvait en limite de la zone industrielle et de la ZUP qui ne cesse de s'étendre, vous comprenez ? En souriant, elle aurait pensé : moi aussi je suis déplacée. Au propre comme au figuré. Ils sont venus me chercher car je suis, paraît-il, la plus vieille nonagénaire de la ville. « Écrivain, de surcroît… » n'aurait pas manqué d'ajouter le sémillant attaché culturel. Et moi j'aurais entendu : écrivain *en sursis*.

Ce qu'ils sont incapables d'imaginer, c'est que je me déplace dans ma tête comme je veux. Par exemple, là, je n'y suis pas. C'est un peu comme dans ces réunions politiques où tout le monde s'assoupit. On dirait de vieilles marionnettes qu'on vient de sortir d'un placard à balais. Même jeunes, ils paraissent vieux. C'est fou ce que la langue de bois peut vieillir précocement.

Moi aussi on me sortira de mon cagibi. Ces choses-là arriveront. Probablement. Je m'y vois déjà dans cette diapositive qui n'a pas encore été prise. Clac ! Elle est dans la boîte maintenant. Je n'en reviens pas d'avoir la faculté de voyager dans le temps avec autant d'aisance. Plus vite que la lumière. Il me semble que je rattrape par ses cheveux de neige sale la comète de Hyakutake. Attends-moi, toi qui m'as fait verser des larmes il y a près de cinquante ans quand je t'ai regardé, assise sur une pierre en Bourgogne. Laisse-moi m'accrocher pour traverser les limbes. Cette nuit-là, te suivant des yeux, j'avais pleuré dans mon tablier comme une servante qu'on vient de chasser et qui s'assoit là, sous la voûte étoilée, avec sa vie qu'elle serre dans un mouchoir. Trois fois rien sauvé d'un nouveau désastre et qu'il faudra vendre à un passeur ou à un usurier pour continuer d'aller. J'avais pleuré sur je ne sais quoi. L'infiniment petit. L'infiniment grand. Écrasée. Poussière. Moins que poussière. Ayant perdu mon enfance et toutes les enfances. Ayant perdu le chant de l'amour et la force d'y croire encore. J'avais pleuré de penser que dans ma vie l'amour n'avait peut-être jamais existé, que je n'avais cessé de l'inventer, de le chanter à tue-tête comme une folle qui ne cesserait de dévider un fil d'or. L'amour serait-il un coma permanent ? J'avais pleuré de ne rien y comprendre, de n'avoir personne avec qui partager cet instant et de m'y résoudre trop bien. J'avais pleuré d'avoir perdu toutes mes guerres. Et puis, comme on se rend, comme on rend les armes, j'avais fini par accepter quelque chose me dépassant, comme la compagnie d'une invisible instance, monstrueusement pacifiée. Dans l'horreur de la paix qui m'envahissait, je me sentis devenir la servante de je ne sais quelle providentielle entité et si je pleurais, c'était surtout de ne ressentir ni désir, ni manque, ni absence et d'éprouver cette effrayante sérénité.

Aujourd'hui, ils viennent faire le bilan de ce qu'ils appellent mon « état général ». Je pense que c'est plutôt celui de mon apparence, en vue d'une réception, tout ce qu'il y a de plus officiel, durant laquelle me sera remise ce qu'ils appellent une « haute récompense bien méritée ». Donc, on vient faire une sorte de contrôle sanitaire. Un peu comme pour les vaches folles. Ils veulent se rendre compte des dégradations. Suis-je montrable au public ? Encore capable de porter à mes lèvres une coupe de champagne sans en renverser partout ? Ils viennent faire un constat de la décrépitude. Un peu tremblante et entamée, c'est bon pour les médias, mais carrément sénile et intransportable, comprenons-nous bien, Madame L. ce n'est pas envisageable. Les voilà. La garde-chiourme flanquée du sous-fifre, sous-adjoint du sous-directeur, délégué à la Culture. Il me confirme que je vais recevoir la médaille du Haut Mérite des Chiens d'Utilité. C'est une nouvelle distinction, qui récompense non pas une vie de chien comme on pourrait le supposer, mais quelqu'un qui connaît bien cette race de chiens, dits de travail, de trait ou de sauvetage. Bref d'utilité. Il y a les chiens d'aveugle, de catastrophe, de sauvetage en mer ou à la montagne.

Il y a aussi les chiens d'attelage ou de traîneau. Pour moi, ce fut le terre-neuve. J'ai toujours eu près de moi un terre-neuve, chien d'une extrême puissance à la belle robe noire. On sait que ses aptitudes à la nage et son dévouement sans bornes en font un sauveteur-né. J'ai toujours apprécié sa maîtrise, sa force, son courage, son calme et recherché sa protection. Sa grande douceur en fait un compagnon remarquable pour les enfants et j'aimais beaucoup atteler un terre-neuve à une charrette afin d'y promener les miens et leur bande. Au plus fort de ma passion pour ce chien aux qualités exceptionnelles, j'ai même écrit un petit livre – *Terra Nova* – comme d'autres rédigent un texte sur la pomme de terre et le mildiou ou sur la difficulté de trouver des trèfles à quatre feuilles. Ce petit livre fut une parenthèse dans ma vie d'écrivain. Il se trouve que c'est pour celui-là que je vais recevoir une récompense. Considérant que par cet ouvrage, j'ai contribué à faire découvrir à un plus large public cette race de chien d'utilité mal connue, on va donc me remettre la médaille du Haut Mérite des Chiens d'Utilité sur laquelle sera gravée une tête de terre-neuve. Mais comme elle n'est pas prête et qu'ils ont peu d'argent, on m'a dit qu'en attendant, j'aurais un pin's représentant une tête de terre-neuve.

Assise dans le fauteuil de velours rouge qu'un petit cercle de lecteurs acharnés m'avait offert pour l'anniversaire de mes quatre-vingt-dix ans, la tête appuyée au dossier, je les attends. Droite comme la Prussienne que je n'ai cessé d'être. Je n'ai jamais souffert de mes vertèbres cervicales. Ni d'aucune autre vertèbre d'ailleurs. Je m'interdis de me plaindre du lamentable cortège des misères de l'âge. Je n'ai souffert que d'être amoureuse.

Je m'amuse à l'avance des bêtises que nous allons entendre, car bien entendu, vous m'accompagnerez à cette grande remise de pin's. La seule chose qui m'importe, c'est que vous soyez près de moi et qu'on rie ensemble. Qu'on rie de ce carnaval.

Le sous-délégué à la Culture entre le premier flanqué de la garde-chiourme.

Tout de suite, ce ton d'hôpital :

– Alors, comment on va ce matin ?

Je ne réponds jamais au pronom indéfini.

Très vite ils parlent entre eux, commentant ce qui reste de ma personne. Un peu comme s'ils se trouvaient devant un spécimen naturalisé au Musée de l'Homme. Pas un instant ils ne soupçonnent que j'ai une très bonne ouïe et continuent à commenter mon aspect physique et mon état clinique.

Il demande :

– Elle a quel âge ?

Elle consulte une fiche.

– Quatre-vingt-dix-sept.

Il dit :

– C'est bon… Très, très bon… Il prend des notes dans un calepin…

– Vous pouvez lui faire ouvrir la bouche ?

– Je ne sais pas. C'est une forte tête… Est-ce que vous pouvez ouvrir la bouche la plus grande possible, Madame L. ? braille-t-elle dans mes oreilles.

Je refuse.

Elle dit :

– De toute façon, elle a un dentier.

Il note : Plus de dents.

Il demande :

– Des opérations ?

– On lui a enlevé le sein gauche, il y a déjà quarante ans.

Il note :

Plus de dents. Un sein en moins…

– Et quoi encore ?

– Ablation de l'utérus, dix ans après.

Il retient à peine un petit sifflement.

– Excellent… Tout à fait excellent… Elle remplit toutes les conditions et même un peu plus, je dois dire… C'est le moment de lui faire la fête… Dommage qu'elle n'ait pas cent ans. Mais peut-on raisonnablement attendre ?… Et la vue, comment ça va, la vue ?

– Très mauvaise. Elle ne peut plus ni lire, ni écrire. Alors, il y a un jeune homme qui vient la voir chaque jour et même deux fois. Malgré le règlement. Il prend des notes. Il prend tout le temps des notes. Elle parle. Il écrit. Elle dit que ça bouillonne dans sa tête, et qu'il faut absolument qu'elle écrive un autre livre. Alors, il note ce qu'elle lui dicte. Il lui tient souvent la main. Elle n'est plus la même quand il est là. Elle qui ne parle pas beaucoup, on l'entend rire.

– Et la tête ? Elle en est où avec son Alzheimer ?

– Personne n'arrive à savoir… Disons stationnaire…

– Sortable au moins ?

– Ça dépend des jours… Il vaudrait mieux que le jeune homme l'accompagne. Il sait bien la prendre… Elle sourit beaucoup quand il est là… Autrement, elle pourrait dire des bêtises, des choses pas vraiment convenables comme c'est arrivé déjà. De plus, elle vous plaque un de ces regards… C'est une vieille irascible. Elle veut toujours tout faire toute seule. Jamais besoin de personne… Sauf du jeune homme.

– Je suppose qu'elle a enfants, petits-enfants, arrière-petits-enfants ?

– Plein.

– Récapitulons. Quatre-vingt-dix-sept ans… Plus de dents… Un sein en moins… Plus d'utérus… Très mauvaise vision… Un début d'Alzheimer. Ostéoporose bien installée. Cinquante ans de ménopause… Rien à dire… Elle est hormonalement correcte pour recevoir une récompense littéraire. Je vais moi-même lui annoncer qu'elle est la lauréate de la médaille du Haut Mérite des Chiens d'Utilité.

On s'agite. Me voilà dans une carriole pimpante tirée par deux chiens terre-neuve. Comme la reine d'Angleterre, de ma main gantée, je salue les badauds qui s'arrêtent pour laisser rouler dans la rue piétonne cet attelage d'un autre temps. Vous marchez à mes côtés.

– C'est qui la vieille ? demande un enfant.

– C'est personne, répond sa mère…

– Elle en a de la chance de se balader dans ce truc-là… Pourquoi, ils mettent pas plutôt les enfants ?

Après, ce sera le discours à la mairie. Mousseux tiède dans des verres en carton qui se ramollissent quand on les tient. Le jour vient où l'on est consacrée pour son grand âge. On est la plus vieille, on n'est élue pas même pour « l'ensemble de son œû-êuvre », mais à cause de son âge plus qu'avancé.

… Mais la vieille qui traverse la ville dans une charrette tirée par deux terre-neuve sourit sous sa voilette, les yeux éclairés par les réverbères qu'on n'allume plus, le front traversé par les enseignes qu'on ne voit plus. Elle se désaltérerait même à une fontaine sans eau. Elle rit sous sa voilette. Elle rit de ces lieux dont on dit qu'ils sont les lieux du passé. Des lieux de mémoire. Pure invention. Pure imagination. Au moment de prendre la photo destinée aux archives de la ville, on lui demandera de faire semblant de mettre les mains sous le bec de la fontaine comme pour y recueillir l'eau qui ne jaillira jamais plus. Comme toujours, le photographe ordonnera : « Souriez ! Souriez donc ! Madame L. C'est pour les archives de notre ville. » Alors, elle se concentrera, nagera dans la diapositive où elle peut rejoindre son dernier enfant, une petite fille du nom d'Hermine qui ne voulait boire que dans le creux de ses mains. C'était un jeu d'amour et d'éclaboussures. Tandis que la petite se désaltérait en riant, il fallait que sa mère prononçât toute une série de mots, les plus fous, les plus drôles, les plus tendres. Les plus loufoques. N'importe quoi. Vraiment n'importe quoi. Mais surtout, « les mots les plus rigolos » exigeait l'enfant :

… Fontaine roucoulante… gorge de pigeon… lampe pigeon… seins pigeonnants… escaliers en colimaçon… tourelle d'amour… eau cascadante… jardin des merveilles… pierres qui chantent… eau qui rit… giclades… giclures… baiser de colombes… têtards qui se tortillent… grenouilles palpitantes… nénuphars voguant sur l'eau… radeau de la Petite Poucette… odeur de la mousse qui pend aux arches du pont… Comme la vie est verte… et l'eau vive… et nous vivantes comme des gardons… personne ne nous attrapera… on est malignes comme des truites…

Et ainsi de suite, jusqu'à ce que la soif d'eau et de rire de la petite Hermine fût étanchée. À toutes les fontaines, il fallait boire. Mais aussi aux lavabos les plus ordinaires. École. Conservatoire. La petite sur la pointe des pieds, son violoncelle plus grand qu'elle dans le dos, riait des mots fous que chaque jour il fallait renouveler. Elle guettait ceux que sa mère répétait deux fois et la reprenait en riant : « Tu l'as déjà dit !… un autre… » C'était le geste, le fou rire et les mots qui comptaient. Alors, au moment de la photo, c'est dans cette image-là, que le vieil écrivain sera retourné. Et le sourire sur la photo, ce sera le sourire d'il y a cinquante ans et personne ne le saura. Personne n'a besoin de le savoir.

– Continuez d'écrire. Je sens venir une petite scène comique :

La seule fausse note, l'imprévu, au cours de cette cérémonie si bien orchestrée, pourrait être l'irrésistible, la fougueuse pulsion d'un des terre-neuve attelés, un superbe mâle de trois ans, quatre-vingt-cinq kilos, répondant au nom d'Igor du Château des Ténèbres….

… Alors que la charrette passera dans des

ruelles étroites, il flairera la présence d'une chienne en chaleur. D'un seul coup l'attelage échappera au contrôle du cantonnier, un gros homme endimanché qui marchait en rêvassant à côté du petit convoi. Les rênes lui seront arrachées et Igor rendu fou par le rut entraînera son autre compagnon dans une course effroyable. La foule criera, s'écartera, courra en tous sens. Le sous-délégué à la Culture se lamentera les bras au ciel : – Quel impondérable ! Mon Dieu, mais quel impondérable ! Pourvu que la vieille ne se brise par les os ! Car c'est ma carrière qui serait brisée !

On peut continuer pour rire encore un peu :

Dans la carriole emballée, j'aurais pu tenir quelques secondes. J'aurais eu peur c'est vrai, car de beaucoup plus jeunes que moi se sont cassé le col du fémur au cours de situations moins extravagantes. J'aurais fait une sorte de galipette en arrière, perdu ma voilette et mon bouquet de violettes. Je devrais mon salut au fait que la chienne en chaleur, pauvre caniche tremblant à la vue d'Igor, sauterait dans les bras de sa maîtresse, laquelle aurait cru bon de se dissimuler derrière un réverbère. C'est alors qu'Igor et son compagnon d'attelage s'encadreront de part et d'autre du réverbère et ne pourront plus se dégager. C'est vous qui accourrez le premier pour me tirer de là. Vous serez un peu pâle, alors que je vous assurerai que je n'ai rien.

Pour le coup, le comité n'hésitera pas à faire graver la médaille du Haut Mérite des Chiens d'Utilité le jour même. La presse locale relatera longuement les faits :

… Alors que Madame L., écrivain bien connu dans notre région, lauréate de la médaille du Haut Mérite des Chiens d'Utilité, allait recevoir sa récompense, cette presque centenaire défie la mort dans une carriole infernale tirée par deux molosses de la race même dont elle vantait les mérites dans l'ouvrage qu'elle leur a consacré. La course effroyable a été interrompue par un réverbère qui se trouvait là fort heureusement et qui, lui non plus, n'a subi aucun dommage. Les molosses ont pu être maîtrisés. La foule en a été quitte pour sa peur. – Nous avons frôlé la catastrophe nous confie l'adjoint au maire. – Je suis prête à recommencer, si on m'y invite, nous déclare la courageuse centenaire. Mais on ne peut pas avoir deux fois le même prix… Tous nos vœux de prompt rétablissement à Madame L. ex-femme de lettres, etc. Et ce serait accompagné d'une photo prise juste au moment où je perds ma voilette.

En guise de conclusion, on pourrait ajouter :

Au sujet de cet incident, j'avais pourtant prévenu, la garde-chiourme et le sous-délégué aux Affaires culturelles, qu'il valait mieux atteler deux femelles plutôt que deux mâles pour les raisons que l'on sait. Le rut. Ce n'est pas Lili la Rouge qui me contredirait.

Vous voyez comme on peut s'amuser en écrivant. Cela ferait un assez joli petit conte. Pas seulement pour enfants.

Un matin, vous m'apprenez que vous avez trouvé des lettres dans une petite malle en osier. Vous ajoutez gravement : on dirait qu'elles ne sont jamais parties et qu'elles datent d'il y a fort longtemps. Ce sont des lettres écrites de Bretagne. Vous me lisez la première.

Jeudi, 14 juin

Mon besoin de t'écrire, c'est pour te retenir. Que ne suis-je née avec une langue de caméléon pour la projeter vite et loin sur ta peau, les sentiers de ton corps, ses cachots les plus profonds.

En moi, c'est le vide et je souhaiterais n'être qu'un caillou. Je voudrais t'offenser parfois et que tu ne me pardonnes pas mes offenses. Je t'aime tant que je voudrais te voir vieux. Voir tes vieilles mains, ton vieux corps. Et te baiser, t'embrasser. À cause de cette certitude que j'aurais pu être un amour.

Alors, oui, je viendrai faire une apparition dans ta vieillesse. Je me coucherai sur toi. Je sais que j'aurai encore envie de te toucher.

La solitude est pesante ici, mais de cela aussi il faut bien s'accommoder.

Hier, madame Chapalain m'attendait à Quimper à l'arrivée du train. Elle portait un manteau noir et d'elle je ne vis que des bras et des pommettes, un chignon gris, fixé par un large peigne d'écaille, un sourire perpétuel au fond de ses yeux bleus…

À peine arrivée dans sa maison, elle me fit un grand bol de café et poussa devant moi une assiette de crêpes et un ravier de beurre salé. Et puis, nous prîmes la voiture pour aller à la plage qui se trouve à trois kilomètres.

Cette plage c'est un immense banc de sable dont on ne voit pas la fin. On n'y rencontre personne. Tandis qu'elle cherchait en fouillant dans le sable humide des coquillages qu'on appelle « blanchettes », je suis restée accrochée aux rochers couverts de moules sauvages. J'ai bu de l'eau salée, mâché du varech. Le vent, le soleil, l'eau me surprenaient. Le silence, le vide m'impressionnaient. Souvent, je me suis retournée, croyant qu'il y avait quelqu'un, mais ce n'était que des mouettes qui tournoyaient en criant un peu plus loin.

La très simple aventure de prendre un train à Paris au milieu de la cohue et de se retrouver là, au bout d'une demi-journée me surprendra toujours. Et aussi d'être en face de cette vieille dame que j'aide à mettre le couvert et qui m'a préparé pour le dîner des maquereaux péchés à la ligne. Quand l'existence décadenasse ces portes-là, derrière lesquelles on prend un peu de repos, je ne sais plus qui je suis. J'ai mal d'une absence. J'ai mal du mal des siècles, j'ai mal de ne pas mieux écouter l'histoire des pierres, j'ai mal des enfants sortis de moi, j'ai mal des gisants cachés sur lesquels on marche, j'ai mal de devoir mourir, je ne saurai pas. J'ai mal que tu meures un jour. J'ai mal de brûler et que tu ne sois pas là, j'ai mal de murmurer des mots à d'autres en pensant à toi. Je déteste leur émoi qui me laisse dans les mains une gerbe d'éclaboussures. J'ai mal d'avoir une âme et de ne pouvoir m'en arranger.

La descente aux enfers, c'est justement de s'arranger. L'enfer c'est ton absence. L'absence que je vis si fort, est-ce un temps perdu ? Qu'aurai-je connu quand ce sera l'heure d'aller dans la tombe ? Je crois que je ferai une bien mauvaise morte.

Pour ne plus avoir à parler de la mort, je m'en vais à bicyclette jusqu'à la mer. À mon retour, madame Chapalain aura sûrement préparé des crêpes. Je voudrais ne penser qu'à ça : la mer, les crêpes. Les crêpes, la mer.

Il s'arrête de lire. Elle dit :

– J'étais jeune quand j'ai écrit ces lettres. Il y a des lettres qu'on ne peut pas envoyer. On les écrit juste pour rendre l'absence moins intolérable. Il faut savoir se taire et s'éloigner. Il faut accepter le sevrage. Il n'y a pas d'amour sans sevrage. Plus de soixante ans ont passé. Je ne renie rien. Tout est resté aussi vif et pourtant aujourd'hui, je dirais les choses autrement. Chaque lettre que vous me lirez, je la réécrirai comme je la ressens aujourd'hui. Vous en ferez ce que bon vous semblera. Je vous les donne.

On va s'amuser à réécrire la première et même à l'augmenter un peu. Je me sens si libre avec vous.

Jeudi, 14 juin

Hier, madame Chapalain m'attendait à la gare de Quimper à l'arrivée du train. Elle portait un manteau noir. D'elle, je ne vis que des pommettes presque mongoles, un chignon gris fixé par un peigne d'écaille, des yeux bleu délavé qu'un sourire perpétuel tenait plissés.

À peine arrivée dans sa maison, elle me fit un grand bol de café et poussa devant moi une assiette de crêpes et un ravier de beurre salé. – Allez ! Allez ! dit-elle pour que je me serve à nouveau. Et puis, nous prîmes sa voiture, une 2 CV grise, pour aller jusqu'à la plage qui se trouve à quelques kilomètres.

Cette plage, c'est un immense banc de sable dont on ne voit pas la fin. On n'y a rencontré personne. À l'aide d'un petit couteau, elle fouillait le sable mouillé à la recherche de coquillages, des « blanchettes ». Moi, je demeurai accroupie sur les rochers à fleur d'océan. Ils étaient couverts de moules sauvages. Je bus de l'eau salée, suçai des moules, mâchai du varech.

– Allez ! Allez ! mâchez-en plein, ça fait passer les chagrins d'amour me dit-elle en riant. Tout le monde vient chez moi pour faire passer ça ! Le monde vient ici pour se requinquer.

Autour de nous, le vent, le soleil, l'océan, le vide, le fracas du silence. Parfois, je me retournais, croyant entendre quelqu'un marcher, mais c'était une mouette qui s'enfuyait.

Prendre un train à Paris au milieu de la cohue pour se retrouver au bout de quelques heures dans ce village du Finistère m'a semblé une aventure aussi exaltante que de voyager dans l'Orient-Express. Je n'en reviens pas d'être auprès de cette vieille dame que j'aide à mettre le couvert et qui m'a préparé pour le dîner des maquereaux « pêchés à la ligne ». Elle répète avec son drôle d'accent : « Je vous le dis, pêchés à la ligne… Garanti… J'ai été les chercher pour vous. »

Je suis ici pour guérir d'une grosse fatigue. Un épuisement. Un état qui se traduit par une chute brutale des globules rouges dans le sang. Une mononucléose. Maladie qui survient généralement quand on force un peu trop sur le travail, qu'on dort peu, qu'on se nourrit mal. J'ai à peine trente ans et le square du Val-Fourré où je m'étais assise avec mes enfants n'est pas loin derrière moi. Depuis, j'ai beaucoup marché. Beaucoup erré. Beaucoup trimé. La vie est plus dure que ce granit de Bretagne. Je m'échine, je survis en multipliant les travaux ingrats. Tamaris, tamaris, sous tes branches qui m'offraient leur protection, j'avais fait un serment. Vaincre et ne pas lâcher les enfants. Un serment, ça se tient. En voulant trop en faire, je suis bêtement tombée malade. Si je ne veux pas voir la situation s'aggraver, un médecin m'a dit qu'il me reste à décider ces trois choses fort simples : changer d'air, me reposer, bien me nourrir. Il faut que je « prenne » trois kilos. Quelqu'un d'aimable me donne une adresse en Bretagne, celle d'une dame Chapalain qui fait toute la cuisine au beurre salé, vous emmène promener sur les rochers et dans les embruns et loue pour trois fois rien une chambre modeste avec un couvre-lit en dentelle de crochet.

Il me reste à trouver une solution pour qu'on s'occupe de mes enfants pendant mon absence. Je suis malade de ma vie. Malade des enfants que j'ai mis au monde. Malade d'un traîneau trop lourd à tirer. Malade de ce qui m'attend. Malade de lutter. Malade de sentir que mes forces s'amenuisent. Et puis, je suis malade de ton absence. Tu es partout. Dans les miettes de pain qui tombent sur la toile cirée de madame Chapalain, dans le muscadet qu'elle me sert, dans la pendule qui sonne les heures immobiles s'écoulant dans sa salle à manger. Comme pour me tenir compagnie ou me consoler de peines qu'elle devine, elle me raconte en souriant la traversée de ses chagrins. Je lève les yeux sur deux photos dans un cadre d'argent, placés de part et d'autre de la pendule. Un mari. Un fils unique. Le premier, mort de tuberculose tout de suite après la naissance de l'enfant qu'elle a élevé seule, sans ressources. À vingt ans il partit pour la guerre d'Indochine. La veille de rentrer, il fut tué.

Ce jour-là, s'arrêta la vie de madame Chapalain.

Elle essuie ses yeux, se lève pour débarrasser la table. Je l'aide, puis je vais vers la photo sur le buffet. Je me penche pour mieux regarder le visage du soldat mort. Il porte un calot sur le côté. Le sourire est celui d'un enfant. On dirait un gosse de quinze ans. Pour que je le voie mieux, madame Chapalain me met le cadre entre les mains et me dit d'aller à la fenêtre. Elle le contemple avec moi, puis de ses doigts boudinés elle tire un mouchoir de son tablier, à nouveau, elle essuie ses yeux et aussitôt après passe le mouchoir sur le cadre qu'elle remet en place avec un petit vase de fleurs devant. Elle me dit que si je le souhaite, on pourra aller au cimetière pour rendre visite à son mari et à son fils qui partagent le même caveau. Elle a sa place aussi qui l'attend. Tout est prêt. Au cimetière, elle s'y rend presque chaque jour pour changer l'eau des fleurs, nettoyer les dalles, se recueillir. C'est comme sa seconde demeure. Sur un ton un peu bourru, elle me dit :

– Mais, vous n'êtes pas venue ici pour écouter les histoires d'une pauvre vieille. Vous avez assez de soucis. Allez, vite prendre l'air ! Allez-donc jusqu'à la plage avec mon vélo. J'ai à faire. Et puis il faut que je prépare notre souper du soir. Vous reviendrez pour le quatre-heures manger des crêpes et boire le café. Comme ça, j'aurai de la compagnie.

Au rez-de-chaussée de sa maison, elle a installé un petit commerce qui tient à la fois de l'épicerie, de la bimbeloterie, et du bazar. Elle y vend toutes sortes d'articles pour la plage. Aux beaux jours elle s'empresse de les sortir sur le trottoir. Le petit local frais comme une cave sent le poireau, le lard fumé, le café et le berlingot. Elle dit que ça lui passe le temps de tenir boutique et puis, ça lui fait voir du monde. Sans quoi, elle s'ennuierait. Mais bientôt elle devra cesser et vendre son fonds parce qu'elle a de mauvaises jambes et puis il y a trop de charges aujourd'hui.

Je pars à bicyclette jusqu'à l'océan. Je pense à elle. À son visage d'Esquimaude toujours rieur. Je le vois comme un soleil devant moi avec ses pommettes en gloire qui lui mangent les yeux. Je pense à son chagrin. J'ai honte de ma mélancolie. J'ai pris du papier et un stylo pour t'écrire des lettres que je ne t'enverrai jamais. Je ne sais pas si t'écrire me guérira de toi.

À mon retour, madame Chapalain aura sûrement préparé des crêpes et du café. Elle s'est mis dans la tête qu'il fallait me « remplumer ». Elle s'en est fait un point d'honneur : « Vous repartirez avec un kilo en plus de chez moi, ça, je vous le dis ! »

Je voudrais ne penser qu'à ça :
La mer, les crêpes.
Les crêpes, la mer.

Tu me manques. J'ai besoin de t'écrire.
T'écrire ne me comble pas.
Ne plus sentir mon corps.
Ni l'absence. Ni le désir.
Devenir rocher dans l'océan.
Ne plus rien ressentir.
Devenir incapable d'aimer.
Indigente de l'amour.
Comment faire pour aimer autrement ?

Vendredi, 15 juin

Il faisait si beau ce matin que je savais bien que je n'aurais rien à dire. J'ai emprunté la bicyclette de madame Chapalain et je suis partie nue sous ma jupe par les sentiers dans les dunes. J'ai pris mon premier bain. Je me suis roulée dans le varech. Je me suis fouettée avec des algues. J'ai couru tout le long de la plage, tout au long de l'eau, je me jetais dans les vagues. Il n'y avait personne. Juste un promeneur avec son chien.

Je suis vide. Plus je suis vide, plus je suis pleine de toi. C'est peut être une autre maladie. J'ai bien peur de la traîner toute ma vie. Je ne fais rien d'autre que marcher. Je marche comme pour aller au front. Je marche comme pour aller à la guerre. Je marche contre vents et marées. Je marche pour me soûler. Pour me crever de fatigue. Pour te tuer en moi. Pour que tu me laisses seule avec les dunes et le vent.

C'est tout ce que je peux faire.

Aujourd'hui, c'est tout ce que j'ai fait.

Ce soir, madame Chapalain m'a proposé un pique-nique dans les rochers. Elle aime courir sur les rochers. Elle souhaite que j'assiste au coucher du soleil. Nous nous sommes installées en haut d'une falaise. Tout d'un coup la rage l'a prise de descendre vers les remous, le bruit énorme des lames qui se fracassaient tout en bas. Il fallait la voir dévaler le sentier abrupt avec ses pantoufles et sauter sur les arêtes coupantes. Elle semblait possédée par une force qui l'appelait. Un rendez-vous surnaturel. Ses grosses jambes couvertes de taches violacées étaient plus agiles que les pieds d'une chèvre. Accroupie au bord du gouffre, je la regardais tantôt disparaître dans les zones d'ombre, tantôt se transformer en torche dans les feux du couchant. Ainsi frappée de rouge, la falaise me sembla l'enceinte d'un gigantesque palais. Ma mémoire se mit à souffrir d'un souvenir parfaitement inaccessible. Verrouillé. Impressions, réminiscences presque palpables, et tout aussitôt impénétrables. Je me revoyais assise sur les talons, exactement comme aujourd'hui en haut d'une semblable falaise, face à la lumière du couchant. C'était aux portes d'un palais de terre ocre. Il me sembla que ma voix était encore mêlée au murmure d'une civilisation disparue se recueillant et priant face au soleil qui s'enfonçait dans l'océan.

L'abîme où était descendu madame Chapalain

s'obscurcit soudain. Pour compter les minutes qui restaient avant le crépuscule, je tendis un bras devant mes yeux, le poignet cassé en angle droit comme elle me l'avait enseigné. Puis, après avoir fermé un œil, il fallait orienter quatre doigts entre l'horizon et le soleil, chaque doigt comptant pour un quart d'heure de lumière. Le temps que j'essaie d'y loger l'auriculaire, le soleil avait disparu. Là, où elle se trouvait, madame Chapalain ne pouvait plus m'entendre l'appeler, tant le bruit du ressac faisait rage autour d'elle. Debout sur la crête d'un récif bouillonnant d'écume, elle était en conversation avec des présences invisibles. Bras croisés sur la poitrine, visage tendu, elle continuait d'avancer vers les derniers reflets rougeoyants, bravant tous les écueils, sentinelle en avant-poste, irascible gardienne des ombres. À sa manière, elle retenait les dernières lueurs du jour qui éclairaient sa peau boucanée. Elle n'avait plus rien à voir avec la grosse dame en pantoufles, aux traits bouffis, au chignon gris. Elle m'apparut transfigurée. Se souvenait-elle, elle aussi, d'une civilisation perdue ? Elle était la tragédienne d'un théâtre antique en même temps que la patronne des marins en perdition, détournant les tempêtes, commandant aux flots, repêchant dans ses paumes une minuscule coque de noix. Debout sur son rocher, elle orchestrait les forces du monde. Je la vis tendre le bras vers l'horizon, y pointer un index d'imprécatrice. Il me sembla qu'elle grandissait démesurément. Je me penchai sur le vide. D'une voix forte et totalement changée, je l'entendis dire :

– Rends-moi mon fils ! Je le veux !

Brusquement, j'eus froid et me sentis épuisée en même temps que vide. Partout le vide. Comme si rien de cette vie n'avait existé vraiment. Je n'avais plus aucune prise sur la réalité. Madame Chapalain n'était plus celle que je connaissais. Je venais de perdre l'image si rassurante de la bonne dame bretonne faisant des crêpes, se rendant à tous les offices et pèlerinages, pour découvrir la pasionaria, celle qui comme sainte Sarah tenait tête aux éléments taciturnes, ordonnant qu'on lui rende son fils bienaimé, priant jusqu'à la folie un dieu sourd et aveugle. Je découvrais l'immensité de son amour, son imputrescible amour, qu'elle continuait de clamer à l'océan, sans doute pour n'assombrir personne dans la vie de chaque jour où elle se montrait toujours souriante, enveloppante et volontiers « blagueuse » pour reprendre une expression à elle. Qui aurait pu être dépositaire d'un tel chagrin ? L'océan. Les rochers. Qui peut encore oser parler du « travail de deuil » simplement parce qu'on trouve la volonté de continuer à vivre, d'aller ici ou là, de partager avec les autres… On ne guérit pas. Laquelle était la vraie madame Chapalain ? Les deux sans doute. Comme j'aimais l'histoire cachée des gens, surtout quand ils apparaissaient ternes et simples. Apparemment sans histoires. Etait-ce ma pensée follement errante qui me donnait à voir ce gouffre derrière les apparences ?

Ainsi madame Chapalain, épicière obèse et grisonnante restera pour moi une grande figure de proue.

Soudain, j'eus envie que tu sois là, qu'on se promène comme font les amants. Envie que tu me prennes sans ménagement. Lamentable quête. Insupportable désir qui me submerge, intolérable absence tandis que pointe la première étoile et que j'entends la respiration essoufflée de madame Chapalain qui remonte du sentier des abîmes et que, stupéfaite, je vois tirer de la poche de son tablier une crêpe au blé noir qu'elle engloutit d'un seul coup.

Samedi 16 juin

Tout à l'heure, j'ai tourné un peu dans le minuscule jardin. Je cherchais une place possible pour écrire. Je n'ai pas encore trouvé. Adossé à la maison, il y a un appentis. Dessous un bac à laver, des lessiveuses, des cageots vides, des outils de jardinage et un clapier avec quatre jeunes lapins. J'en ai pris un dans mes bras. J'ai frotté ma joue contre son museau. Madame Chapalain m'a dit qu'elle allait tuer le gros, tout seul dans une caisse pleine de luzerne. Elle l'engraisse depuis des mois. Il ne faut pas que je reparte sans avoir goûté à son civet de lapin au vin blanc auquel bien sûr elle ajoute une bonne louche de crème en fin de cuisson. Je lui dis qu'autre chose me ferait tout autant plaisir, davantage même. Puisqu'on est en Bretagne, je lui assure que je préférerais du poisson ou des crustacés. Elle se renfrogne.

Il sera bientôt midi et je n'ai pas faim. Sur la table de la salle à manger trône un gros bouquet de roses rouges aux pétales velus. Elles sont affreuses, béantes et satisfaites. Je déteste ces grosses roses velues comme des chenilles. Je m'en prends à elles comme si elles étaient des ennemies. Je les traite de « roses bouchères ».

– Qu'est-ce que vous marmonnez donc ? demande mon hôtesse en train de fariner deux tranches de cabillaud.

Je n'ai rien à te dire. Cet après-midi, madame Chapalain veut me faire visiter Locronan, ses vieilles maisons, son église. La vie coule lentement. Trop lentement. Le feuillage est trop vert. Par la fenêtre le chant des oiseaux. Le bruit des voitures. Pas très loin, il y a une petite école. Une cloche rythme le temps des récréations. J'entends monter les cris d'enfants. Je pense aux miens. Le cœur me serre. Impression d'abandon. Je n'aime pas les séparations. Je me souviens quand j'étais petite, qu'il fallait retourner à la pension et que la voiture redémarrait. Je somnole. Impression de flotter. Je retourne dans des siestes d'enfant où le temps était un berceau du commencement à la fin. J'essaie de dormir, rassurée par la saison qui redonne le blé.

Je ne sais pourquoi je ressens ce vide. Je voudrais être présente. Présente dans le moindre de mes cheveux, de mes regards, de mes gestes, de mes intentions, de mes échanges. J'ai honte de flotter, de me réfugier dans l'absence. Madame Chapalain m'appelle pour le déjeuner. Je vais mater l'épouvantable mélancolie qui m'affaiblit. L'insupportable désir de toi. Je suis comme empoisonnée. Il faut que je convertisse le manque, le vide, l'absence en écriture. Il faut que j'écrive comme on résiste aux privations de la guerre. Comme on fend du bois. Comme on racle la neige. Comme on charge son dos. Il faut que je m'épuise à marcher, à soulever des caisses dans l'arrière-boutique de madame Chapalain.

Je regarde la chambre mansardée. Le couvre-lit de dentelle. Le bouton de porte en porcelaine. Le lavabo blanc. Sur la tablette, le verre à dents, quelques flacons, ma trousse de toilette. D'un vasistas assez petit, tombe un peu de ciel toujours changeant ici. Juste en dessous, j'ai placé la table d'où je t'écris comme d'une ville de cure déserte et sinistrée, au charme mortel. Je vois mon reflet dans la glace de l'armoire. Comme bien d'autres, je vais vers un tombeau tranquille avec encore un peu de jeunesse par-ci, par-là. Un peu de jeunesse aux orteils, aux cheveux, aux dents. Midi sonne au clocher. Madame Chapalain m'appelle. Vite convertir l'absence. J'aime l'escalier que je vais descendre pour déjeuner avec elle. J'aime la rampe qu'elle cire une fois par semaine. J'aime l'odeur qui monte de l'arrière-boutique. J'aime l'idée de retrouver bientôt mes enfants.

Les roses ont changé de place. Elles sont sur le buffet. En les examinant de plus près, je constate qu'elles n'ont pas d'épines. Je n'en suis pas étonnée. Ce sont des roses sans défense. Des roses imbéciles.

– Qu'est-ce que vous combinez encore dans votre tête ? me demande madame Chapalain avec son bon rire. Dès que j'ai l'air absorbée ou que je m'isole pour écrire, elle dit :

– Aïe, aïe ! il faut toujours que vous soyez en train de combiner quelque chose !

Peut-être à cause de sa mine, de sa fougue, j'éclate de rire. Je n'ai jamais su comment me venait la gaieté.

Dimanche 17 juin

Je voulais écrire un peu de la vie qui se déroule ici. Je voulais parler de madame Chapalain qui se prénomme Corentine. Ne saurais-je donc jamais écrire une page sur une femme comme Corentine qui prépare mes repas, m'emmène de force me promener, grimpe plus vite que moi sur les rochers ? Ne saurais-je donc jamais écrire sans parler d'amour et d'absence. Probablement, je suis tarée jusqu'à la moelle.

Ce matin nous sommes allées jusqu'à Douarnenez. Elle conduit très aisément sa 2 CV. Nous nous sommes retrouvées sur une falaise couverte de bruyère. Une partie avance dans l'océan. On y voit le ciel comme au travers de meurtrières creusées par l'érosion depuis la nuit des temps. On appelle cette falaise, le Château. Je suis sûre que la ville d'Ys est là, engloutie au fond de cette baie. Madame Chapalain m'affirme que oui. Certainement oui. J'ai l'impression d'être dans une légende. Je me laisse faire. Je sors de la réalité.

En revenant, je lui donne le bras pour remonter la petite côte en haut de laquelle est garée sa voiture. Autant elle escalade aisément les rochers, autant elle peine en gravissant ce chemin qui monte. Elle me parle de sa vie. Quand elle est restée veuve avec son fils de trois mois, elle a dû s'engager comme fille de ferme pour l'élever. Les années ont passé. Elle a réussi à faire construire sa maison, et à ouvrir une petite épicerie au rez-de-chaussée pour son fils. « Pour qu'il ait quelque chose. » Mais quand il fut tué en Indochine, elle ferma tous ses volets, resta dans le noir, ne voulut voir personne. Pendant des années. Un matin enfin, elle sortit sur le seuil de son jardin et se mit à planter des bulbes de fleurs. Puis elle confectionna des crêpes pour ses neveux et nièces qui se lançaient dans une fabrique artisanale de pâtisserie bretonne. « Il faut toujours que je manigance quelque chose », me dit-elle. Ici, elle fait abattre une cloison, là elle améliore l'installation de la salle d'eau. Elle continue de vivre comme s'il pouvait venir quelqu'un. Chaque jour, elle invente. Elle prend des locataires, à la semaine, au mois, à l'année. Quand je la vois taper sur sa petite caisse enregistreuse, j'ai l'impression qu'elle joue à la marchande. Elle dit qu'elle ne s'ennuie jamais parce qu'elle entreprend toujours. Aujourd'hui, elle m'a installé un tonneau dans le jardin avec une caisse retournée dessus, afin que je puisse y écrire. Chaque jour, elle a des amies qui passent. Elle dit « des copines ». Des Bretonnes de son âge, grosses ou maigres, habillées de noir, le même petit chignon gris serré au sommet du crâne. Je les entends discuter et rire dans la salle à manger qui sent le beurre frais et la décoction de chicorée. Avec Corentine, elles trempent leurs crêpes beurrées dans un grand bol de café au lait. « Si on n'avait pas notre quatre-heures on s'ennuierait », dit Corentine que je continue d'appeler madame Chapalain.

Hier soir, samedi, elle a brossé son manteau noir pour aller à la messe. Elle trouve que c'est plus pratique de se rendre à l'office du samedi soir plutôt que du dimanche matin.

Je donnerai des mois de ma vie pour dormir avec toi.

L'absence est un poison.

Lundi 18 juin

Parfois, j'ai l'impression que je suis « bien née », que je porte en moi quelque chose qui ne s'enfuira jamais. Une sorte de joie, de courant vif, autant que celui d'une rivière à truites. Celle du *Quintette* de Schubert par exemple que je fredonne sans même m'en rendre compte. Cet après-midi, je me suis installée dans le petit jardin derrière la maison sur la table improvisée par madame Chapalain. Je me suis mise à l'ombre du lilas, seul arbre de cet enclos minuscule avec une allée cimentée qui en fait le tour. Il n'a pas vraiment de poésie, mais je lui en trouve à cause des quelques touffes de reine-des-prés qui poussent en désordre au milieu des laitues et des plants de pommes de terre. Les reines-des-prés ressemblent un peu à de minuscules sapins givrés. Non loin, il y a tout un brouillard de cette fleur merveilleuse qu'on appelle « désespoir du peintre ». Près de moi des fuchsias au pied vigoureux laissent pendre trois par trois leurs clochettes rouge garance. Je n'aime pas beaucoup cette fleur ostentatoire qu'on appelle arum et qui dresse sa tête apprêtée au milieu de ce beau fouillis. Elles n'ont aucune odeur et sont fagotées comme des femmes de notable. Une raideur de bon ton. Un seul pétale enroulé sur lui-même à la façon d'un cornet de jambon. Impossible d'être troublée quand on se penche sur elles. Aucun parfum. Je suis allée les voir sous la pluie. Elles n'étaient pas même mouillées. Leur unique pétale est un parfait ciré. Tout glisse sur elles. Les fleurs sont détestables quand elles veulent imiter le lis. Au passage, j'ai repéré le rosier qui donne les roses velues. Il n'en porte plus une seule. Tant mieux. Je ne sais pourquoi certaines fleurs me mettent de si méchante humeur. Peut-être qu'elles me font penser aux gens que je n'aime pas.

Madame Chapalain s'active autour de moi. Elle va et vient dans ses sabots. C'est son jour de lessive et elle fait des allers et retours entre le petit lavoir, son appentis et la corde à linge au fond du jardin. Elle entreprend toujours une grande lessive au mois de juin. Comme on faisait autrefois, elle lave elle-même les pièces trop importantes que ne peut contenir sa machine à laver. Je l'aide à sortir les draps qu'elle a mis à bouillir dans la lessiveuse avec des copeaux de savon de Marseille et un peu de charbon de bois. Cette odeur me bouleverse comme un retour à l'enfance, une conversation renouée avec une invisible présence. Je me réconcilie avec cette joie que je crains si souvent d'avoir perdue et qui resurgit pour trois fois rien, comme maintenant alors que je m'apprête à rincer les draps dans l'eau fraîche du bac à linge. Le plus bel instant reste l'étendage du drap mouillé dans le vent et la lumière. Voir au travers la silhouette de madame Chapalain me fait retourner dans un paradis perdu. Quand ? Où, ai-je enfoui mon visage dans un de ces grands draps, flottant et mouillé ? Pourquoi passe-t-on sa vie à reconquérir une émotion aussi simple ? Et pourquoi est-on tout au bord d'une dissolution ? Je ne saurai jamais qui j'ai accompagné étendre du linge et où je me suis enivrée de cette odeur de buanderie. Aujourd'hui, il me suffit d'entendre résonner les sabots de madame Chapalain sur la petite allée de ciment qui se fendille et de l'aider à suspendre sa lessive pour habiter de nouveau une image qui n'est pas tout à fait perdue. À la même seconde, j'ai l'étrange conviction que je passerai ma vie entre des petits jardins ouvriers et des parcs de château.

Ce matin, une lettre de toi. Corentine l'a déposée sur le buffet. Je ne l'ouvre pas tout de suite. J'ai besoin de passer et repasser devant pour regarder ton écriture sur l'enveloppe. Ainsi j'ai l'impression de la recevoir plusieurs fois. Je la lis. Elle est comme une lave brûlante qui me remplit. Comment peut-on tenir avec si peu ? Tenir. Des mots. Seulement des mots. Je vais te lire et te relire au fond du jardin.

C'est le moment que choisit madame Chapalain pour m'annoncer avec un grand sourire que demain, en mon honneur, on va tuer le lapin. J'insiste pour lui dire que je n'aime pas le goût du lapin. Je la déçois. Elle trouve que je fais bien des manières et me tourne les talons. Je vais voir le gros dans sa caisse. Il est si familier qu'il pose les pattes sur le grillage quand j'approche. Je n'arrive pas à l'imaginer dans une sauce blanche avec des champignons, ni moi avec un couteau et une fourchette. C'est sans doute idiot. Mais c'est encore plus idiot de tuer un animal familier quand on n'a pas assez d'appétit pour le manger. Je me demande si je ne le ramènerais pas à Paris. J'imagine la tête des enfants. Je vais essayer de persuader madame Chapalain. Je vais lui en offrir un tel prix de son lapin qu'elle ne perdra pas d'argent et acceptera peut-être que je l'emporte.

Mardi 19 juin

Deux heures sonnent. Il s'est mis à pleuvoir. J'ai déménagé. Je suis maintenant sous le petit appentis où se trouve le lavoir. C'est la pierre à laver qui me sert d'écritoire. Il y a un gros morceau de savon devant moi et de l'eau au fond du bac à laver. Je vois le lilas au travers des six carreaux recouverts de toiles d'araignées. Je me sens bien dans ce petit débarras encombré de planches, de bassines, de faitouts, d'outils de jardinage. Il y a aussi la vieille bicyclette que je prends pour aller poster mes lettres au village.

Madame Chapalain se prépare pour un enterrement. Elle a refait son chignon et s'est passé de l'eau de toilette du Mont Saint-Michel dans les cheveux. Elle a mis ses habits du dimanche. Je n'arrive pas à voir la différence. Avant-hier, elle s'est plantée devant moi et m'a dit : « C'est ma robe du dimanche. » J'ai fait un petit « ah ! » d'admiration et du coup j'étais un peu ennuyée parce que j'avais gardé ma jupe de la semaine et que j'étais nue dessous. Et aujourd'hui aussi malgré l'enterrement. Le plaisir que j'en éprouve est difficile à expliquer. C'est comme si tu pouvais me surprendre et me prendre n'importe où.

Il est tard. Ma chambre est glacée, absolument glacée à cause du vasistas que j'ai laissé ouvert. Je regarde au-dehors. C'est la nuit noire. Un grand bruit de vent et de branches qui cassent. Une tempête s'est levée apportant une odeur de vase et de lisier. Le bruit d'une 2 CV sur la route en contrebas, le souffle du vent dans les arbres me ramène à ton absence. Je voudrais que tu me baises, tu me tiennes, tu me tues. Un vent si fou et tu n'y es pas. Où va ce désir assassin ?

Ô meurtre du désir. Je hais l'absence. Il me reste un stylo, du papier. Une lettre à t'écrire. Rien que de raisonnable, comme la tempête qui s'éloigne, le jeté de lit en crochet que je replie avant de me coucher.

Mardi 19 juin

Ce soir avant dîner, j'ai fait le portrait à l'aquarelle de madame Chapalain qui s'est écroulée de rire en voyant le résultat. Elle disait que « tout de même, elle n'avait pas les cheveux rouges », mais elle l'a exposé sur son buffet où elle rassemble tous ses souvenirs. Je l'ai peinte comme elle m'est apparue le premier soir, tout en bas de la falaise, entourée par les flammes du soleil couchant.

Après dîner, je me suis un peu fait tirer l'oreille pour jouer au Nain Jaune. Les deux institutrices du village se sont jointes à nous. Je suis plutôt mauvaise joueuse. Je n'aime pas perdre et c'est quand mon tas de jetons s'est mis à diminuer que j'ai commencé à m'intéresser au jeu. Corentine riait tant de me voir si concentrée et de prendre la partie à cœur que je ne regrettais pas d'être restée. Pourtant, je n'avais qu'un désir, t'écrire.

Jeudi 21 juin

Ce matin, j'ai froid. Envie de partir. Je tourne en rond. Dehors, un reste de tempête. Partout c'est gris. J'ai le cafard. J'attends comme une visite. Les enfants me manquent. Il y a toujours quelqu'un qui me manque. Il y aura toujours quelqu'un qui me manquera. C'est une tare qui va grandissant. Je ne sais pas combattre cette faiblesse. Je suis dans un état de dépendance absolu. Je n'arrive pas à m'arracher à l'absence. Je n'arrive pas à jouir de ce que certains appellent « l'instant ». Pour moi l'instant est toujours en train de sombrer. *Le Titanic.* Je suis dedans. Je coule avec. Naufrage permanent. Et comme si ce n'était pas assez, il faut que je l'écrive. Comme si l'écriture, seule, était capable de rassembler les cendres avant que le vent ne les disperse. C'est une lutte pour garder en mémoire le regard, les corps de ceux que j'aime, les instants d'éblouissement. Les tirer vers le jour, en rendre compte avant qu'eux aussi ne deviennent des ossements qui s'effritent. Il me faut exercer ma mémoire jusqu'à la folie, engranger le moindre cil d'enfant, le moindre chuchotement, les baisers fous des grands retours après les séparations d'un demi-jour…

… Ce demi-jour d'hiver où ramenant l'enfant de l'école, on danse, on tourne de joie avec lui sur l'esplanade devenue brusquement silencieuse à cause de la première neige qui s'est mise à tomber. Où trouver d'autres raisons de se réjouir, si ce n'est dans celle d'ouvrir grand son manteau pour le porter, le caler contre soi, ses jambes nouées autour de la taille, bien emmitouflé dans les pans du vêtement qu'on rabat autour de lui et valser, valser, tourner, sans se soucier de personne, valser à perdre le souffle sous la neige qui tombe. Valser, plus vite, plus fort qu'à Vienne, les yeux vers l'ampoule des réverbères éclairant la magie des flocons. Et rire de cet enchantement, ivres d'être cernés par ces millions d'abeilles fantômes bourdonnant en silence comme l'essaim brusquement sorti d'une ruche d'hiver. Bouche contre bouche, on suce le même quartier de mandarine, on croque la même pomme d'amour, enrobée d'un sucre candi, rouge et cassant comme du verre de cathédrale. C'est mauvais pour les dents. C'est permis, une fois l'an. Comme il faut s'aimer pour que dure le sortilège. Regarde dans la brume le cirque qui s'installe, ne dirait-on pas la caravane des Rois mages ? N'entends-tu pas qu'on frappe sur les touches de bois d'un xylophone ? Sens-tu dans l'air, ce parfum de myrrhe et d'encens ? À moins, que ce soit l'écorce de la mandarine qu'on vient d'éplucher, l'odeur du zeste au bout de nos doigts. Toute sa vie on se souvient de la saveur d'une orange ou d'une mandarine mordue dans l'air glacé de l'hiver. Tu sais, si tu perds l'amour, si tu perds ton enfance, la magie retombe. Les petits chevaux du cirque apparaissent d'un blanc sale dans la neige, les femmes tristes sous leurs oripeaux de couleur et leurs sequins dorés. On entend pleurer de pauvres mioches. Dans sa cage, un tigre famélique est vautré dans son urine. Des hommes montent le chapiteau. Malgré la neige qui redouble, on peut lire sur une porte de roulotte : – Rose Cafard. Dompteuse. Cartomancienne. Par le hublot, on aperçoit l'artiste, une fille rousse, au visage de truie qui se contorsionne pour loger ses seins dans une guêpière en satin défraîchi. Les pieds dans la boue et la pisse du fauve, un homme se masturbe en la regardant, tandis qu'une lampe de chantier projette sur la roulotte l'ombre agrandie de son geste.

Soudain, tout a changé. Je me demande ce qui m'a pris de valser comme une folle. Je n'ai plus la force de te porter. Je suis trempée jusqu'aux os. Mes bottes ont pris l'eau. Tu dis que tu as froid. Je voudrais bien que l'enchantement continue, mais il est retombé. Je me demande ce que j'ai à toujours me croire dans un conte dès que le moindre flocon de neige se met à tomber. Sans doute, les Rois mages ne sont-ils jamais passés par là. Ce n'était pas leur route. C'est un pur mirage. Mais ne t'inquiète pas, pour que tout recommence, je te le répète : il suffit d'aimer.

Il te suffira d'aimer.

Jour après jour, dans la chambre de l'asile, s'est installée, entre le vieil écrivain et son visiteur, une des plus rares expressions de l'amour : la confiance.

Depuis le début de la lecture, elle a gardé les yeux fermés. Il s'est assis auprès d'elle. Il l'entoure de ses bras. Il a posé la main sur son front.

La flamme d'une chandelle. Un livre. Une main sur un crâne. On est peut-être dans une de ces peintures qu'on nomme Vanité.

Elle murmure :

– *E finita la commedia…*

Il demande :

– C'était qui ?

Il se reconnaîtra.

Il pleut sur les tôles de la voiture.
Des mots m'appellent.
Noir.
Froid.
Pluie.
Sans raison.

J'arrive
J'y suis.

... un soir, sans raison, elle quitta la maison. Pendant des heures, elle marcha droit devant elle, dans le noir, le froid, la pluie.

CET OUVRAGE A ÉTÉ REPRODUIT
ET ACHEVÉ D'IMPRIMER SUR ROTO-PAGE
PAR L'IMPRIMERIE FLOCH À MAYENNE
EN JUIN 1997

Éditions du Rocher
28, rue Comte-Félix-Gastaldi
Monaco

Dépôt légal : juin 1997.
N° d'édition : CNE section commerce et industrie
Monaco : 19023.
N° d'impression : 41677.

Imprimé en France